月老套路深

上

春遲 著

風文創 1032

目錄

序文

春遲

如果能有一次重生的機會，你最想做什麼？這個問題，想來許多人的回答都是，改變過去的錯誤。我也不落俗套，就是帶著這種想要回到過去的念頭，敲下了書中的第一個字，現實中無法做到的事情，讓自己筆下的人物做到，何嘗不是一種滿足？

但重生也不能解決所有的問題，必須自己先改變。抱著這樣的念頭，女主角陸蒺藜開始了她的一生，即使遇到無數困難和挫敗也不曾放棄，一路改變自己的命運，艱難卻又值得驕傲。萬幸的是，這趟旅途還多了另一個人的陪伴，前世錯過的姻緣在這一世繼續，羅止行帶著笑意闖入她新的一生，尊重她、愛護她，並為了她的夢想而努力，與命運鬥爭，一起搶一個美好的未來。

他們會有爭吵，會有隱瞞，卻始終相信彼此。他們對彼此的愛，是能夠與世界為敵的護盾。

「蒺藜」，是一種長著刺的草，就像陸蒺藜的性子一樣，堅韌又頑強，即使臭著臉跟別人槓上也不肯低頭；而「止行」，正是蒺藜的另一個別名，也許我筆力不夠，沒有寫出其中的意義，但在我的設想中，羅止行和陸蒺藜是天生相似的，對於人生有著同樣的觀點，他們是最適合的一對。

我鍾愛他們、羨慕他們，並祝福他們，在我也無法到達的世界裡，我相信他們一定很好的生活著，希望你也會喜歡他們。

打開書的瞬間，請跟隨他們一起進入這個故事吧！

楔子

九冥陰都。

鋪天蓋地的赤紅彼岸花，蓋著累累白骨；旁邊的暗黃河水，翻滾著嗔癡怨念；遠處的高樓上頭不知是誰在唱歌，尖細如針的嗓音直刺人心。

「若君不棄，窮碧落黃泉，將奴兒尋遍。」

鋪滿了紙錢的路上，一隊「鬼」安安靜靜地漂浮著往前，個個低垂著頭一言不發，即便是身側的花朵再妖豔，也除不去他們的一身死氣，可偏生，其中又有一抹壓不住的鮮活。

看著眼前正煮沸的那一鍋無色的湯，陸蕨藜嘻皮笑臉地開口問：「這湯，苦不苦啊？」

木然舀著湯的手一抖，那是隻蒼老如枯枝的手，然而手的主人卻是一張稚嫩如少女的面龐。孟婆沒想到有人會在她面前問出這種話，不由得拿眼珠去瞅，觸及到陸蕨藜笑臉的瞬間，面色竟然劃過驚慌。「妳怎麼死了？」

「這話問得倒是稀奇，我們認識？」縱使成了鬼，陸蒺藜也還是對什麼都滿懷好奇，身後的鬼魂安安靜靜地等著，似乎全然沒看見前面發生了什麼。

片刻的慌亂轉瞬即逝，孟婆的目光劃過陸蒺藜的脖子，看到她的脖子上有一道恐怖的傷痕，不動聲色地拿過一個空碗，她輕描淡寫說：「我與妳爺爺有舊。」

沒心沒肺的陸蒺藜毫不在意她的視線，反而眉宇間多了些得色。沒想到在地府自己也能走關係啊！思及此，她笑咪咪地壓低聲音。「那看在我爺爺的分上，湯裡給我加點糖吧！」

「死人嚐不出味兒的。」孟婆冷冷回道，微微側過身隔開了所有人的視線，從袖中滑落了一顆丹藥在湯中，接觸到水面的瞬間，溶化的丹藥讓湯染上一抹血色。

看向孟婆遞來的湯，聳聳肩，陸蒺藜沒有多想地伸手去接，觸到碗的瞬間，孟婆沒有鬆手，不死心地問：「妳到底是怎麼死的？」

話本子和說書先生都不靠譜，這孟婆明擺著就是個極其八卦的神嘛。陸蒺藜也無所謂，歪頭回想一下，笑容燦爛幾分。「也沒什麼，就選婿的時候不長眼，嫁了個亂臣賊子，害死我爹又弒君稱帝，還打算把我送給別人，我一時想不開就抹脖子了。」

睫毛輕顫一下，孟婆鬆開手，淡淡留了句。「那妳這回可要想開些。」

沒仔細聽她說什麼，仰頭將湯一飲而盡，陸蒺藜的臉皺成了一團。這孟婆怎麼連鬼都騙？說什麼鬼嚐不出味兒，這湯明明都酸得發苦了！

苦著臉將碗送回去，她一個念頭問道：「妳說妳認得我爺爺，妳是我爺爺的什麼人啊？」

早已在為下一個鬼準備湯的孟婆沒再理她，沒等到答案的陸蒺藜只好繼續順著路往前飄，就當她步上奈何橋快要離開這裡的時候，身後孟婆的聲音又響起了。

「去吧，等時機到了，我自會推妳一把。」

什麼？陸蒺藜聽得不怎麼清楚，好一陣莫名其妙，正回頭想追問之時，早應該無感的腹部突然傳來鑽心的疼，順著骨頭，一寸寸朝著身體各處蔓延。與此同時，巨大的眩暈感從頭頂襲來，天旋地轉之際，別的鬼都在越過她往前。

閉上眼之前的最後一瞬，陸蒺藜心中閃過的念頭是：糟了，忘記問清楚，自家祖父與孟婆之間的舊情，到底是有恩還是有仇？

第一章

晉，熙平二十一年，正月。

元宵剛過，長安城漸脫離過年的氛圍，街景已無多少年味，百姓們恢復了正常的生活，只有偶爾颳起的風吹來半截沒炸完的炮竹，另外還有一處大宅子倒是喜慶得緊，門口的兩隻石獅子披上紅綵，裝扮和藹。

門口圍著三三兩兩看熱鬧的百姓，一問才知道，原來這是當朝大將軍陸琇的府邸，今日是他嫁女之日，新郎官正是去年高中的新科狀元郎寧思遠。

「這郎才女貌的，定是天作之合的一樁好親事吧？」路過的一人笑著同圍觀的人們寒暄。

誰知他這話一出，周圍的人們連瓜子都不嗑了，望著他直發笑。「一看你就是外鄉人，不知道這陸家小姐的名聲，這樁婚事也能說是天作之合？多去打聽打聽吧，要不是有個將軍爹當靠山，狀元郎恐怕是看不上人家姑娘吧！」

討了個沒趣，那外鄉人被笑得臉紅，擺著手走開。

圍觀的人們嘻笑幾句，重新伸直了脖子想看看大門內的熱鬧，然而與喧鬧的前院不同，內院的陸家小姐新房卻是異樣的安靜。

丫鬟青荇正皺著眉來回踱步，時不時看一眼床上睡著的人。小姐是怎麼回事，怎麼拜完堂回房就累得直接睡著了？老爺和姑爺可還在外頭招呼賓客呢。

仰頭看看外面的天色，在陸蒺藜的鼾聲都快響起來的時候，青荇終於忍不住上前想要叫醒她，就在這時，床上昏睡的人一個挺身坐起來，青荇嚇了一跳。

「呸！真是太難喝了！」

陸蒺藜哼哼唧唧的，睜開眼的瞬間一手捂頭，一手捂肚子。這孟婆也太惡毒了，弄的什麼孟婆湯，她咂吧嘴，嘴裡好像還能感覺到酸苦味，不行不行，過兩天要是碰到了同為鬼的祖父，她可得好好問問他是怎麼招惹人家了！

「小姐？妳終於醒了啊！」

突然一道頗為熟悉的嗓音在她耳邊響起，順著耳朵傳進心裡，像是籠罩著一層霧，刺得她心尖一疼，意識到自己身處出嫁前的閨房中，陸蒺藜愣住了，瞪圓了眼睛看著面前的丫鬟。

青荇皺著眉頭，眼裡只看到陸蒺藜一身凌亂的嫁衣和頭髮，忍不住嘆了一口氣，轉身打算去取一柄梳子來，陸蒺藜一慌，僵硬地從臥榻上撲下來。「妳別走！」

身後傳來巨大的響動，剛拿起梳子的青荇一回頭就看到陸蒺藜狼狽的身影，慌忙扶她起來，嘴裡是一如既往地嘮叨。「小姐妳也真是的，怎麼不小心摔下來了呢？衣服都要弄髒了，快坐好，我重新給妳梳一下頭。」

看著她若無其事地為自己梳頭，陸蒺藜還有些懵，搞不清楚自己現在怎麼會在這裡？她……不是死了嗎？

忍不住偷掐了掐自己的大腿，哎喲，會痛！難不成這不是夢，她是真的又活過來了？

青荇在她身後專注地擺弄著，沒有發現陸蒺藜現在的眼神是從未有過的貪婪與驚喜。

她掃視著懷念的閨房，目光一寸寸描摹著面前這個充滿色彩的世界，感受偶爾從窗外吹進來的風，帶著些許寒意，繞轉在她的指尖，輕輕動一下手腕，玉鐲與環珮相擊的清脆聲傳入耳中……從心底漫上一句喟嘆，陸蒺藜緩緩閉上眼，她這是……重新回到了大婚時的十七歲啊！

收拾好了雜亂的頭髮，青荇又幫她擺正了裙襬，拿來紅蓋頭的時候，看到了小姐臉上淺淡的笑意，青荇也不由得笑開。「小姐嫁得良人，往後一定會生活美滿的！」

良人？臉上的笑容突然僵住，陸蒺藜猛然睜開雙眼，還未來得及說話，大紅蓋頭就蒙了上來，剎那間她只看到滿目鮮紅，腦海閃過一幕幕畫面，那是爹爹與青荇倒臥在地上，還有陸家滿門的屍體……

「不！不要！」

她不自覺地尖叫出聲，一把扯開蓋頭，猛地站起來。「我不能嫁，爹爹呢？我要告訴爹爹我不嫁，我不要嫁給寧思遠了！」

她慌亂地衝向門口，青荇連忙撲過來攔住她。「小姐，妳怎麼了？」

陸蒺藜一把抓住青荇的肩膀，說話都帶著顫音。「青荇，我得阻止這門親事，我絕對不能嫁給寧思遠，不然我們全家都會死的！」

茫然地瞪大眼睛，青荇看著一臉嚴肅的小姐好一會兒，突然噗哧一聲笑開。「小姐，妳又想作弄我！妳就是想現在去找寧公子是吧？不行啊小姐，今天大婚，妳可不能再由著性子胡來了，再等一等，往後和寧公子廝守的時間還長啊！」

邊說著，她還戲謔地眨眨眼，習慣了小姐愛作弄人的惡趣味。

陸蒺藜絕望地一拍腦門，是啊，在青荇的認知裡，自己任性又不靠譜，還對寧思遠一往情深的，現在的樣子確實像是在開玩笑。

無奈地垂下肩，陸蒺藜指著自己身後。「算了，妳去把蓋頭撿起來，再幫我倒一杯茶來吧。」

不由捂著嘴輕笑，小姐總是這般好玩，青荇沒有防備地放開她，聽話的回身彎腰拾起紅蓋頭。

就在這一瞬間，陸蒺藜猛然打開房門往外衝——

燦爛的陽光連同奏樂的熱鬧迎面而來，顧不得胸口的鈍疼，她撒丫子就往前跑，驚起了滿院的叫喊，還在四處打點的媒婆和一隊丫頭還來不及前往新房會合，只覺得一陣風閃過，大家叫喊著也不知是什麼情況。

陸蒺藜現在什麼都顧不得了，滿腦子循環著上一世裡所有親近之人慘死的面孔，獵獵寒風吹疼了她的臉頰，一個念頭卻越來越清晰。無論如何，她絕不能再重蹈覆轍！

陸蒺藜加快了步子，悶著頭只管往前衝，路過一處假山後的拐角，突然迎面來了一個人，她躲閃不及狠狠撞上，重心一歪，直接摔倒在地。

下意識用手撐在地上，手心被石子劃出細小的口子，鮮血漫了出來，陸蒺藜大口喘著氣，疼痛帶來了幾分清醒。

道。

「姑娘，妳沒事吧？」揉著自己的肩膀，羅止行匆忙走到那地上的人面前，溫聲問

恍若被兜頭澆了一盆水，陸蒺藜有些心灰意冷，朝他伸出自己帶著血的手掌，很自然地當對方是府中下人，想讓他扶自己先起來。

眉毛一挑，羅止行對伸到自己面前的手有些意外，卻只抿唇沒有多言，刻意避開她的手，墊著她手腕處的嫁衣伸手拉她起來。

陸蒺藜勉強揚起一抹笑意，抬眸想要道謝，卻不承想，這一仰頭便跌入了一雙帶著笑意的眼中。

面前的男子年輕俊朗，一雙眼如同盛著萬千星河般生動，唇角輕輕彎起，天生帶著三分笑意。一身素衣，看似布料並不名貴，可他挺直的脊背和渾身的氣度透露著不凡，卻又讓人如沐春風般地心安與放鬆。

「小姐！快跟我回屋去！」

愣神之際，青荇的叫喊逼近而來，陸蒺藜很快回神，望著面前的人看著是來祝賀的，突然靈機一動，攀上他的肩膀，笑出來的八顆牙齒在太陽下熠熠生輝。「兄弟，你想揚名立萬嗎？」

下眼睛。

「嗯？」萬萬沒想到會有這樣的問話，羅止行打量了一下她的嫁衣，錯愕地眨巴兩

剛剛一撞後她也算清醒了，想到自己的婚事關乎將軍府和當朝狀元，又是皇帝賜婚，可不是她莽撞地去鬧場就能阻止的，不過若有個幫手，情況又不同了。

他看起來挺好騙的，陸蒺藜拍拍他的肩膀。「實在是對不住，但我也是沒法子，你來都來了，乾脆幫我一把，我包你前途光明、揚名立萬！」

她到底在說些什麼？羅止行一頭霧水，還沒等開口問清楚，突然面前的人就抓住了他的手腕，帶著他往前院跑。

越往前走，喜樂聲就越清晰，陸蒺藜還隱約聽到了自己爹爹大笑的聲音，想到爹爹終要失望了，她心裡也有些愧疚。

去年的狀元遊街，她對寧思遠一見鍾情，之後因著爹爹的關係與他見到了面，對他文質彬彬、滿腹經綸的書生樣留下深刻的印象，芳心暗許。

打從娘親去世後，她就跟將軍爹爹相依為命，見多了爹爹軍中弟兄那副五大三粗的樣子，寧思遠這副斯文樣格外讓她喜歡，央著爹爹去請求皇帝賜婚。爹爹本極不贊同，但拗不過她的性子只好順著她，只是寧思遠雖說是新科狀元，但似乎家境清苦，親人也

沒幾個，心疼女兒嫁到夫家恐要受苦，爹爹唯一的要求就是寧思遠得同意入贅，沒想到寧思遠一口答應，這婚事才得以談成。

如今想起方知他答應也是必然，他圖的是丈人手上的兵權，不管什麼條件，能多親近些，自然滿口答應。

深吸一口氣，陸蒺藜攥緊男子的手腕，高喊著往前衝。「都停下來！我不嫁了，我不嫁了！」

使出吃奶的力氣喊出來的聲音，硬是在鑼鼓喧天中殺出來，驚得正在宴客廳四處敬酒的陸琇嚇掉了手中的酒杯，在地上滾幾圈，酒水灑了一地。

「我說了，都快停下來，我不嫁給寧思遠了！」生怕爹爹被嚇不死似的，她奔向宴客廳，嘴裡又高喊著。

這孽障，真是生來折磨人的！狠狠一拍桌，陸琇抓著身側同樣被驚到的寧思遠起身走出去，還未見到人就開罵。「妳這孽障！今天大喜之日，妳堂都拜了還使性子胡鬧？還不快回房去！」

總算趕上了，陸蒺藜還喘著，下意識看了一眼身側的人。嗯，沒被嚇傻，看來心理素質還行，她一把拉著他往前。「爹爹，我其實……」

「妳其實個屁！給老子閉嘴！」陸琇抖著手指著女兒罵，目光觸及到她身側的人時一愣，又猛然收回手，壓抑住脾氣躬身一拜。「末、末將參見國公大人，小女胡鬧，驚擾您了。」

國、國公大人？她錯愕地轉頭盯著身邊的男人，沒想到隨手一拉，還是個厲害人物？

陸蒺藜前世只囿於閨房之間，後來又一門心思全撲在寧思遠身上，本就不關心朝堂之事，自是也不認得他是誰。

「妳這是什麼表情？」羅止行挑眉問道，將陸蒺藜的神色盡收眼中，都快被氣笑了，此時才終於能將自己的手腕抽了回來。

「沒什麼，這麼年輕就能做到國公之位，你這爵位是怎麼騙來的啊？」見他誠心問了，陸蒺藜也沒有隱瞞，問得頗為真誠。

瞬時被噎住，羅止行眨眨眼，一時不知該笑還該生氣。

新郎官總算緩過了神來，寧思遠皺著眉頭，上前對著羅止行一拜，然後走到陸蒺藜身側輕聲呵斥。「妳又在胡鬧什麼？我這裡敬完酒，自然就會回去陪妳，莫要驚擾國公大人，快回去！」

「誰要你陪了？」再看到他時，心中也是難平的激動，強忍著不去看他，陸蒺藜吸吸鼻子，一伸手拉住身側的羅止行。「爹，我不嫁了，我已與這位國公私定終身，嫁不了別人了！」

她嬌嫩的手心惹得他手心微癢，羅止行神色一凝，目光第一次認真看向她。

一路猛跑又摔了一跤，她現在整個人狼狽得很，偏偏眼睛又明亮至極，在一眾被她一席話嚇得臉色發白的人中，唯有他突然想笑。這陸將軍之女真是名不虛傳，出格得很，他只是一時閒著了，因著陸將軍與先父曾有故交，就趕著來喝這一杯喜酒，倒沒想到會涉入這種紛爭中。

不遠處賓客們早已議論紛紛。

「你聽見新娘子剛才說什麼了嗎？膽子可真大！」

「什麼膽大，我看就是不檢點！這位陸家千金從小就活潑過人，跟其他婉約的官家千金們十分不同，簡直像匹野馬似的管都管不住。但也沒想到竟會這樣，寧大人是前途看好的新科狀元，她竟然在大婚當天紅杏出牆給寧大人戴綠帽子？這實在是過分了……」

「噓！都別說了，寧大人看過來了！」

一旁奏著的喜樂終於停止，領頭的人想必也是有故事的，突然感同身受，長嘆一口氣，撿起另一邊的嗩吶，一曲極為哀怨的音樂隨即揚起，頓時讓這貼滿大紅喜字的院子更透著詭異的喜感。

「閉嘴！你家死人了？吹個屁，給老子滾！」一口氣還沒順平，陸琇又被奏樂的樂師氣到，怒吼著趕人。

隱在寬大袖子裡的拳頭攥緊，寧思遠只當陸蒺藜在使性子，先衝管家使了眼色讓他去安撫來客，對著一身嫁衣的陸蒺藜，他又放柔了聲音再道：「小藜，許是我哪裡惹妳生氣了，但眼下不是胡鬧的時候，妳先回去，我等會兒就回房去找妳可好？」

熟悉的親暱稱呼，隔著萬千時空再一次落在陸蒺藜耳中，她的心中卻只有瘡痍。逃避的視線終於落在他臉上，只見他俊朗的面容上是滿滿的縱容與寵溺，似乎真的會是個很好的丈夫，可就是這同一個人，表面一套、私下又一套，深情幾許全是戲罷了。

沁骨的寒意染上雙眼，陸蒺藜像是被踩了尾巴的貓一樣跳起來，奮力推開寧思遠。「你滾！我不要嫁給你！我喜歡的是別人，今日我絕不會嫁給你！」

說著，她又拉了羅止行一把，羅止行靜觀不動，挑眉看著這一幕，目光在兩個「新人」之間來回轉幾圈，最後看到了陸蒺藜眼中的淚意，不禁有些訝異。

「妳鬧夠了沒！」陸琇再也忍不住將兩人分開，板著臉瞪了女兒一眼，而後看向羅止行，有些羞愧地道：「今日讓國公爺見笑了，末將與大人的父親是昔日舊交，今日就倚老賣老一次，請您賣我個人情，別跟小女計較今日這事，這丫頭向來瘋癲，您切莫將這些胡鬧話放在心上。」

站直身子，羅止行微微頷首，誤入局中之人第一次開口，語氣倒還是依舊溫和沈穩。「陸將軍客氣了，在下本是晚輩，您直呼我止行就可。」

止行？陸蒺藜耳尖地聽到他的名字，心下一凜，怎麼感覺這麼熟悉呢？但她隨即壓下心底的疑惑，現在最要緊的是得退了這婚約才是。

她堅持地又上前一把握住羅止行的手，另一隻手暗暗掐自己一把，疼出了滿眼的淚水。「爹爹，你聽我說，我真的與止行兩情相悅，你就成全女兒吧！」

「成全個……」屁！好不容易忍住了粗口，陸琇直接忽視她，看向早已跟來的青荇。「妳還愣著做什麼，還不帶小姐回去？」

「是。」青荇慌張地上前拉人。

「我也陪著小藜回去吧。」蹙緊了眉頭，寧思遠再次出聲。

他還在錯愕之中，剛才陸蒺藜竟然推開他，這是之前從未有過的情況，直覺告訴他一定出事了，眼下顧不得自己的面子和那些賓客，他要先穩住陸蒺藜。

這般想著，他上前拉住陸蒺藜的手，沒想到她又一把甩開他，躲向羅止行的身後，拉扯之際，她攥著羅止行的手越發用力。

心中突然生出一種莫名的煩躁感，羅止行終於開口。「行了！這樣拉拉扯扯的成何體統！」

掙袖抽回自己的胳膊，羅止行隔開寧思遠，轉而看向陸琇。「陸將軍，男婚女嫁求的是兩廂情願，如今陸姑娘悔婚不嫁，兩人定是生了嫌隙，你難道要坐視不理，非要促成一對怨偶不成？」

「止行，你是有所不知啊！」陸琇被女兒的行為氣得不輕。「這孽障早先說對思遠一見傾心，老夫是豁去了老臉才求得陛下賜婚啊！好不容易促成的親事，今日又在這大婚之時鬧這一齣，她是想幹啥？這孩子一向這般胡鬧，從不管後果，純粹是耍性子鬧脾氣罷了，大人不必在意，根本沒有什麼嫌隙……」

梗著脖子，陸蒺藜猶嫌爹爹不夠生氣似地跳出來。「就是有嫌隙！我就是愛上別人了！」

攔住暴怒的陸琇，羅止行回頭警告地瞥她一眼，低聲勸道：「陸將軍，反正無論如何今日這婚禮是進行不下去了，與其繼續僵持惹人笑話，不如先把不相干的人都送走吧，再想想如何善後。」

「這……哎呀，我真是欠這個孽障的！」陸琇看了看四周，不少客人探頭觀望發生了什麼事，真真亂了套了！他一甩袖子，回到宴客廳，打算先送走看熱鬧的人。

看陸琇轉身離去，陸蒺藜明顯鬆了一口氣。

「小藜，妳今日到底在鬧什麼？」

一道低沈的問句傳來，陸蒺藜緩緩看向寧思遠，首先入目的竟然是他髒污的衣角。她猶記得，自己這個如意郎君可是最愛乾淨的，今日鬧得他都沒顧得上擦污漬，想必是真的驚訝和氣急了，不知為何，心中突然多了種如同頑皮小兒般的得意。

她咧嘴輕笑，嘴巴不饒人地道：「不是挺明顯的嘛，鬧著不嫁給你啊？」

猛然捏緊拳頭，寧思遠也是真怒了。「妳莫不是真瘋了？當初纏著我無休無止，如今我們堂都拜了，妳竟然要悔婚？」

視線一轉，寧思遠看向羅止行，瞇著眼沈聲追問。「……難不成妳真看上了國公大人？」

眼中笑意又起，羅止行看向垂頭不言的陸蒺藜，忍不住也問：「在下倒也好奇得很，今日之前素未謀面的陸姑娘，是如何對在下傾心的？」

聽懂了他言下的嘲諷，陸蒺藜忍著脾氣揚起個大笑臉。「好說，就是剛剛撞了那一下，本姑娘就對你一見鍾情了。」

雙目微怔，羅止行突然噗哧一聲笑開。「那陸姑娘……還真是……率性而為！」

「多謝國公大人誇讚！」就如同聽不懂反諷似的，陸蒺藜拱手笑拜，端的是洋洋得意。

兩人一來一回很愉快似的，唯有寧思遠，臉色越來越沈。

餘光瞥到了他，羅止行搖搖頭。「你們這樁婚姻官司，怕是要鬧到御前了，這抗旨拒婚的罪名可不小，你二人還是好好想想到時在陛下面前該怎麼解釋吧。」

羅止行正色說完，轉身準備離開，走了幾步卻又突然停下來，衣角微翻，他猛然轉過身，直向著陸蒺藜走去，在她面前站定，伸手觸向她。陸蒺藜尚未來得及反應，只見羅止行往她的頭髮撩了一下，緊接著，一縷纏繞住金簪的頭髮落了下來，頭皮一鬆，她這時才後知後覺感到疼，原來是剛才一陣快跑，頭髮飛起來勾到了髮簪。

「陸姑娘想必很能忍疼，頭髮纏住了都沒感覺。」羅止行神色自然，彷彿只是做了件極正常的事情，幫她撫順了落下的髮絲，他便不再停留，轉身離開。

而身後的陸蕨藜，卻盯著他的背影，許久沒有回神。

頭頂泛著綠光的寧思遠終於再也忍不住。「陸蕨藜，妳知不知道妳在做什麼？」

終於回過神來，陸蕨藜捏緊拳頭，堅定地說：「寧思遠，我從來沒有像現在這麼清醒地知道我要做什麼，這個婚，我退定了！」

似是沒有料到她會這麼強硬地回覆，寧思遠的表情明顯是僵住了，一時不知該說什麼。

「寧思遠，你答應娶我為的是什麼，我已經一清二楚了，這個遊戲我不想玩了，我要退婚，就這樣。」最後留下一句話，陸蕨藜再沒了和他交談的力氣，伸手招過被忽視許久的青荇準備離開。

寧思遠被她一句話說得心緒浮動，一把抓緊了她的袖子追問。「妳到底什麼意思？」

「你聽不懂我說的話嗎？」挑起眉毛，陸蕨藜抽回自己的袖子，臉上的笑意逐漸放大。「既然聽不懂，那你就慢慢想啊！」

收斂住笑意，陸蕨藜轉身就走，再也沒有看他一眼。

拖著疲憊的身軀回到房中，窗戶上貼的喜字簡直看得她頭疼。「青荇，妳快把這些東西都給我撕了！」

還沒有從方才的驚嚇中緩過勁來，青荇看她一眼，茫然地揭下喜字。重新回到陸蒺藜身邊，她才抖著唇找回自己的聲音。「小姐，妳知道，妳都做了些什麼嗎？」

動手給自己倒一杯水，陸蒺藜潤潤嗓子。「不就是悔婚嗎？」

「小姐，妳還說自己和國公一見鍾情！這到底是什麼時候發生的事啊？」顧不上規矩，青荇搶過她的水杯，神情是難言的激動。「那可是國公大人啊，血統高貴，家世沒得挑，沒想到相貌又好，而且國公的母親仙去得早，小姐如果真嫁給他，未來也沒有婆母折磨啊！」

越聽越不對勁，陸蒺藜撐著下巴，看向越說越激動的小丫鬟。「青荇，妳似乎，還挺期待我和這什麼國公發生點什麼？妳不中意我嫁給寧思遠嗎？」

嘿嘿一笑，青荇往一旁縮一縮。「有這麼明顯嗎？」

重重一點頭，陸蒺藜頗為認同她的想法。「其實妳說得沒錯，人家可是高高在上的國公大人，要是嫁給他，以後在長安城可不得橫著走嗎？」

沒錯沒錯！這位大人看著比陰沈的寧公子好相處多了，真要選的話，她寧可支持國公爺，只是先前小姐也聽不進其他人說的話，就是喜歡寧公子。冒出星星眼，青荇只覺得自己出了個好主意。

「所以，妳好好加油，妳家小姐再幫妳牽紅線！」笑咪咪地拍她一把，陸蒺藜站起來朝床的方向走去。一朝地獄歸來，和這些故人們打交道，還真是讓人心力交瘁。

坐在原地乖巧點頭，直等到陸蒺藜都解下外袍躺好了，青荇才察覺不對勁，嘟著嘴，她走過來嗔怪道：「小姐又取笑我，我說的是支持妳嫁給國公大人啊！」

「那可不行，妳家小姐現在看破紅塵了，只適合出家，不適合出嫁。」合上眼，陸蒺藜隨口搪塞道。

撿起地上的外袍疊好，青荇在心中翻了個白眼。「適合出家？我的好小姐呀，妳當我是第一天認識妳嗎？每次看到美男子就說自己命定的紅鸞鳥銜著桃花來了，是好姻緣的預兆，我看連廟裡的小師父都會怕妳，別說笑了。」

陸蒺藜笑笑，對她這算是不敬的話倒也不在意，且不說青荇陪自己長大的情誼，她以前也確實是荒唐。

陸琇常年駐軍不在家中，又特寵她，她自然過得放縱隨心，成天只會玩，還經常作弄人，總要鬧得別人哭才高興。情竇初開後更是任性而為，看到喜歡的人就毫不顧忌的上前攀談，在一眾保守拘謹的官家千金中實屬少見。即便後來陸琇有心管教，卻又往往自己先心軟，也就是這樣的放縱，她對寧思遠一見傾心後希望爹爹成全，也沒人拿她有辦法，因此給陸家惹來那麼多禍事。

萬幸，如今有了重新開始的機會，一切還來得及。

斂眉收了心思，看著正在收拾衣服的青荇，陸蒺藜莞爾，這一無所知的小丫頭啊，當然不能理解她吃了什麼樣的苦。

陸蒺藜在心中對自己的遭遇表達了好一陣同情，長吁短嘆了好一會兒，才打著哈欠吩咐青荇她要早點休息，晚膳也不吃了。

聽出了陸蒺藜的睏倦，青荇也不再多留，點上了安神香打算離開，可就在她轉身要出房間之際，床上的人猛然坐了起來，嚇得她一個趔趄。「小姐！妳一驚一乍地幹什麼啊，鬼上身了不成？」

不忍心告訴青荇，她說的基本很貼合實際情形，陸蒺藜笑了笑，想起一件事，招手讓她過來。「青荇，妳知道那個國公大人姓什麼嗎？」她只知其名，不知其姓。

「那是荊國公，自然姓羅啊，羅止行！」

青荇理所當然地道，她也是從其他官家府裡丫頭口中聽來的荊國公的事，這位國公大人深居簡出、不輕易露面，但在眾多官家千金之間一直是熱門話題。

她的聲音清脆動聽，卻在陸蓁藜的心中敲下狠狠一擊，她想起來了，原來是他！

羅止行，當朝皇帝程定的親外甥，駐守邊境的前一任大將軍和公主遺留在世上的獨生子。她知道他極為低調，一直以來只承襲爵位，不曾領什麼朝職，說來可笑，這些消息，竟然是在前世她被逼上嫁給他的花轎前才知曉的。

捂著自己的胸口，陸蓁藜臉色發白，回憶起前世的遭遇，寧思遠奪得兵權登基後為了穩固皇位，亟需羅止行的幫助，羅止行就是在那時提出交換條件，要寧思遠送出自己的妻子。

於是寧思遠當真親自把她送上花轎，還柔情似水地說了一些噁心至極的話說服她。他說，羅止行雖是前朝國公，但很有才能，其父曾是極具威名的大將軍，其母更是前朝公主，得到此人的擁護對他提高新朝的聲望大有幫助，百姓的日子也會過得更好，因此即使羅止行提出的是這種過分的要求，為了蒼生黎民，他迫不得已還是答應了，希望她諒解。

雖然不知道羅止行是如何看上她的，但累積的憤怒與不甘已在一瞬間達到頂峰，她暗藏了一把刀在身上，上了喜轎後便抹脖子自盡了。梅開二度，死前的最後一個念頭就是，可惜了，這麼厲害的準夫君，自己連一次面都沒見過⋯⋯

沒想到剛重生歸來就遇見他，陸蒺藜只覺得自己牙疼。

「小姐，妳怎麼了？」看到了陸蒺藜難看的臉色，青荇關心地問道。

仰面倒回床上，陸蒺藜頗有些憂傷，氣若游絲地說道：「我沒事，只是現在才發現原來這個羅止行一直在暗戀我，有些同情罷了，因為我可沒打算嫁給他。」

青荇傻眼，那小姐演今日那一齣是什麼意思？她還當真了。

「青荇，成親不見得好，我好不容易才阻止了今天的婚事，轉身要是就嫁給他，那我不是白折騰了嗎？」

小姐是真的魔怔了，怎麼說的話她都聽不懂？望著床上滾成蛆的陸蒺藜，青荇確定了自己的猜想。可憐的小姐，原來真心愛慕的是國公大人，瞞了大家這麼久，還編謊話騙自己啊！甚為同情地嘆一口氣，青荇果斷關上門離開。

裊裊安神香中，房間裡只剩下陸蒺藜的哀號，可也不過片刻，本就睏倦的人也很快沈沈睡去。落日的餘暉灑進來，照在陸蒺藜的臉上，是一片宛若死人的青白。

夢境中，刀劍殺戮聲再次響起，鮮血從四面八方湧過來，陸蒺藜只能快速地跑，彷彿只有這樣才不會被死亡追上。腳步終於被一扇門阻攔，陸蒺藜萬分不願開門，身體卻怎麼也不聽使喚，伸出的手毫不猶豫地推開門。

吱呀一聲，門被緩緩推開，只見裡頭遍地屍體，細看他們的臉，是陸琇，是青荇，更甚至是她自己！

「啊！」

尖叫一聲，陸蒺藜猛然驚醒過來，額頭上滿是冷汗，一旁的安神香剛好燃盡，天色不知道何時黑了，月涼如水。

陸蒺藜大口地喘著氣，顯然還沒有從剛才的夢境中脫離出來，身旁遞來一個杯子，耳邊傳來父親的聲音。「喝點水吧，剛才作惡夢了？」

勉強笑著接過來，溫度剛好的水還帶著津甜，陸蒺藜緩過勁來，想起自己白日裡的壯舉，不由在笑容中摻入幾絲討好。「爹爹，你有空來看我啦？嗯……這水真好喝，好像摻了蜜一樣，還是爹爹最疼我！」

差點都快被氣瘋的陸琇怎會輕易心軟，冷哼一聲，他奪過女兒手中的空杯。「少來，妳以為這次妳可以撒個嬌就算了？」

「爹爹！」索性坐直了身子，陸蒺藜神色嚴肅。「女兒今天真的不是胡鬧，這寧思遠是有所圖謀才娶我的，所以我不能嫁他，若是我嫁了，我們一家都會惹禍的！」

真會瞎編！昨天還緊巴巴的黏著人家，今天就看出他有所圖謀了？冷眼看著女兒胡說，陸琇嗤笑一聲。「怎麼，又是靠妳蹩腳的《易經》算出來的？」

陸蒺藜此前不愛學習，唯獨對算卦有些興趣，偏又不肯下功夫學，一知半解就出來招搖撞騙，逢人就說他有大災，得花錢消災，然後拿著騙來的錢盡數去買糖葫蘆，還是吃壞了牙才被陸琇發現，氣得揍了她……的教書先生。

陸琇又提起這件事，陸蒺藜臉上也飛過些許羞惱。「爹你也真是的，多久之前的事情了，一直提，我不要面子的？」

「妳還想要面子？妳今天在婚宴上大放厥詞，讓老子有面子了嗎？」瞬間觸到了陸琇的霉頭，他指著陸蒺藜鼻子就破口大罵。

躲了躲他的唾沫，陸蒺藜依舊覥著臉笑。「爹，你用錯成語了，咱們陸家都是大老粗，你裝什麼呢！」

「妳閉嘴吧，咱們陸家祖上三代是文官，都敗在妳這個不成器的孽障身上！」偷偷在心中記下了這次用錯的成語，陸琇險些被帶跑偏。「不對，我來找妳不是要探討咱們祖上文化的，妳去給我跪好！」

瞅了眼冰冷的地板，陸蒺藜可憐兮兮地嘟著嘴。「爹，還在正月呢，地上挺涼的。」

「是有點，那妳就跪床上，正好也軟和……妳別嘻皮笑臉的！」剛察覺自己態度有些鬆動，陸琇又立馬板起臉。

這老爹爹真有趣，我都替他變臉累。陸蒺藜垂著頭偷笑，故作有氣無力地開口。「那你倒是說，你是來幹麼的呀？」

立馬湊上前，陸琇語氣慫恿。「乖女兒，妳聽話，爹爹都和思遠商量好了，明天聖上召咱們進宮，問起今日之事，妳就一口咬定是和思遠鬧了彆扭發脾氣呢，這婚事沒有取消，到時候爹和思遠再說道說道，陛下一定不會罰妳的啊！」

「不行，爹，這事不能聽你的，我一定要退婚！」誰知陸蒺藜態度也很強硬，直接頂撞。

氣血再次翻湧起來，陸琇吹鬍子瞪眼。「妳個孽障，那妳當初要死要活地嫁給他幹啥！妳就算是又看上別人了，也不該偏挑今天鬧事，妳生怕自己名聲太好是不是！」

就得挑今天！小聲嘀咕一句，陸蒺藜生怕把爹爹氣暈過去，忙上前放緩聲音幫他順氣。「爹爹，你有所不知，我是重新活了一世啊！上一世裡我都經歷過了，那寧思遠對我們家是利用至極，我肯定不能再嫁他了啊！」

一把拍開她的手，陸琇怒然起身。「妳如今還想拿這種話誆騙我，當我是三歲小孩嗎？我告訴妳，明天妳必須照著我們談好的去說！」

誠實的小孩沒人信，陸蒺藜呶呶嘴，早就知道是這樣。

「聽到了嗎？我再跟妳說一遍，妳明日必須這麼說！妳要是不聽話，我就把妳關在府裡，妳也不必進宮了，到時候我和思遠去，照樣能回了陛下。」看出了女兒的不服氣，陸琇直接下最後通牒。

這就沒得聊了，陸蒺藜兩手一攤，直對上陸琇的眼睛。「好啦！知道了，我照你們說的做就是了，那你也得答應我，日後要想辦法幫我退婚。」

聽到她這麼一說，陸琇才終於放下心，滿口答應。「行行行，妳說的都算，快睡下吧，早些休息，爹爹再給妳點個安神香，可別再作惡夢了啊！」

又拉著陸蒺藜絮叨了好久，得到她再三肯定會聽話後，陸琇才終於離開了女兒的房間。

只不過他前腳剛走，後腳青荇就鑽了進來。「小姐，妳明日進宮，真的會按將軍說的話做？」

「青荇啊，我問妳，妳費盡心力好不容易才得到了一個機會，妳會輕易放手嗎？」

眉目間不知不覺添了抹冷色，陸蔟藜聲音沒有起伏地問道。

毫不思索地，青荇的答案幾乎脫口而出。「當然不會了，小姐都說了，費盡心力才得到的！」

「是啊，妳不會，寧思遠更不會，我也不會。我已經打定主意要退婚了，今天大鬧一場也得罪了陛下，現在順著下去是最好的選擇，最好陛下更討厭我，認為我配不上他欽點的狀元，直接收回賜婚的旨意，否則一旦暫時妥協，只會越陷越深，我恐怕就無法讓陸家脫身了。」看著窗外的月亮，陸蔟藜也不管青荇理不理解，只管說給自己聽。

一旁的燭火被風吹得跳動著，注視著小姐的側臉，燈火忽明忽暗之間，青荇突然生出一種奇怪的感覺，自家小姐身上似乎發生了什麼了不得的變化，明顯跟從前不太一樣。「小姐……」

收回四散的心緒，陸蔟藜打了個哈欠，那隨興散漫的態度氣質又回來了，臉上依舊還是那吊兒郎當的樣子。「行啦，小姐我又睏了，妳也回去休息吧。」

「奴婢還不睏，而且小姐妳還沒有說完，妳要是不打算照將軍說的做，又要怎麼面對陛下呢？」青荇搖著頭，反倒不急著走了。

又張大嘴巴打了個哈欠，陸蔟藜直接推她出門。「小姐我自有辦法，妳快回去啦！」

「小姐……」

砰的一聲關上門，陸蒺藜將一切疑惑擋在門外，拖著疲憊的身子重新躺回床上。方才作了個惡夢，讓她睡一覺反而更累了，輾轉反側許久，終於再次來了睏意，閉上眼睛前的最後一瞬，她心中只匆忙閃過一個念頭。

反正無論如何，這次絕對要把陸家跟寧思遠的關係徹底斷開！

月亮高掛在樹梢上，無論被它籠罩的土地上發生什麼事情，都絲毫不影響它的光輝，永遠是那樣，明亮皎潔，又冰涼徹骨。

長安城的另一個地方此時也正點著燈，羅止行站在案桌前練字，上好的狼毫筆在紙上滑動。一襲月白長袍，越發襯得他容姿清雋，博山爐中升騰起青煙，裊裊浮在空中，染出些許清冽的香味。

管家羅傑在旁邊幫著研磨，等到羅止行收筆的瞬間，忙將寫好的字拿起來。

「國公的字越發飄逸靈動了。」

淺笑著將筆放在瑪瑙靈鶴紋的筆架上，羅止行端起一旁淡綠釉暗花的杯子，輕啜一口茶，笑著打趣。「那也遠不如羅叔的這一杯茶好。」

「國公今日的心情似乎很好，怎麼，在婚宴上遇到有趣的事情了？」將字妥善地放到另一邊，羅傑聽到他這麼說，也是笑得合不攏嘴。今日陸家婚宴，本來主人是不去的，但他卻突然來了興致，說是想去湊一湊熱鬧。

垂下頭，羅止行就想到了今日那頗為不尋常的新娘子，眼睛又彎了些許。「確實是我去過最有趣的婚宴。」

看到羅止行越發柔和的笑臉，羅傑忍不住又嘮叨起來。「既然婚禮有趣，那咱們府裡什麼時候才能也辦一場啊？不是老奴愛說您，您這年歲也不小了，旁的男子孩童都快兩、三歲了！」

見羅傑又開始嘮叨了起來，羅止行搖著頭，只管左耳進右耳出。

「莫不是，國公您其實……喜歡男的？」見羅止行一如既往地裝沒聽見，羅傑突然發散思維，想到了金風樓的那位蘇公子，自家國公與蘇公子的交往，確是過於親密了些。

自覺猜到了羅止行的真心，羅傑面露愁容。「倘若真是如此，老奴也是支持的，只不過這孩子怕是得領養一個了。」

「停停停！」無奈地打斷他，再放任羅傑亂想，怕是都要想好去哪裡領養孩子了。羅止行將杯子擱到一邊，起身來到了窗戶前。「那姓蘇的一天到晚沒正形，倒是讓你也胡思亂想起來了，我不成親，自然是還沒有遇到合適的人。」

羅傑催得更理直氣壯了。「既然喜歡的是女子，那就快一些啊，您看我們這國公府，也實在是冷清得過頭了吧！娶個姑娘回來當主母打點這大宅子，再生幾個孩子，不就熱鬧起來了？」

探頭看了眼窗外的月色，羅止行背著手，不欲再和他糾纏這無聊的話題。「羅叔，你剛才說我在婚宴上是不是遇到了什麼有趣的事情，還真有，今日有一人問我，我這麼年輕，這國公的爵位是怎麼來的？」

「是何人這般無禮，竟然敢這麼問！」誰知羅傑聽到了羅止行的話，登時火冒三丈，連拳頭都捏緊了。

世人只看到了國公的風光，卻不知其背後之苦。這國公之位，是羅止行爹娘慘死後才落在他頭上的！羅止行的爹爹羅承風是當朝大將軍，母親更是皇帝的親妹妹，本是顯赫之家，羅止行也本該無憂無慮長大，怎奈何，皇心難測。

大將軍與長公主的結合，對於那皇位上的人可謂是個威脅，即便羅府從未動過不該有的心思。為求心安，皇帝將羅承風安排去了一場必敗的戰爭，身亡之後，長公主也隨之殉情，那時的羅止行不過十三歲。在這皇城鬼蜮伎倆裡，年幼的他只能承襲爹爹的爵位，強撐著整個國公府。

想到了一路以來主人的艱難，對於問出這種話的人，羅傑自然是越發的憤怒。「要我說，國公今日就不該去湊這個熱鬧，何必受這種氣！」

「她也非是有意這般說，此前從未見過我，閨閣女子也不知朝堂之事。」羅止行卻反倒不在意，臉上笑意未減。

羅傑一愣，原來說這句話的是個姑娘嗎？

「至於我今日為何要去參加婚宴，羅叔你可還記得，爹爹死後，他手下的軍權是歸於何人？」

掩下心底的好奇，羅傑低垂下頭，嘲諷地笑笑。「當然記得，近十年來風頭正盛的陸將軍唄。今日他嫁女出了那樣的鬧劇，也是有趣得緊。」

原來羅傑也聽到了風聲！羅止行轉過身來，微蹙起眉頭。「這傳言是怎麼說的？」

「老奴聽得也不是很真切，只說是宴客之際，那陸姑娘突然帶了別的男子出現，還說自己與那人有什麼情愫，當真是不知羞的！還有那男子，想必也不是什麼聰明人。」

「不是聰明人」的羅止行摸摸鼻子，沈聲吩咐道：「羅叔，有兩件事想讓你去做。其一，陸家未有任何虧欠我們的地方，不管發生何事，不要針對陸家的人，府裡也不准議論這種無聊事。」

這是自然，羅傑記恨的也從來不是陸琇，理所當然地點點頭。「是，另一件呢？」

「另外就是，你剛剛說的那個與陸姑娘有私情的人是我。對外，這流言的程度還不夠，你再去推一把，說得我與她越不堪越好。」手指輕擊著桌面，交代完之後，卻不見羅傑說話，不由抬眸看去。

從他說出第一句，羅傑的表情就全然僵住，待他全部說完，羅傑更是難以理解，表情不亞於看見老鼠打死了貓般離譜。「國公，這流言中的人怎麼可能是你呢？你還希望流言在外頭傳得更過分些，難不成，你真的和那陸姑娘暗通款曲，想藉此和她在一起？」

將書桌上的東西簡單收拾一下，羅止行也有些睏倦，準備回房去了。知曉羅傑一時不理解，也沒打算與他詳細解釋，臨走之前，只施施然留下一句話。

「我與那陸姑娘之前從未見過面，又怎麼通款曲？你照著我說的做就是了，要快，讓這流言在明日中午之前傳到陛下的耳中。」

動。

知曉自家國公自有盤算，縱然不解，羅傑也只能立馬去辦，時間緊急，他得快些行動。

方才還頗有些風雅意味的書房內，很快空無一人，只留下一張寫滿字的紙和裊裊青煙。

第二章

月落日升，待第二天到來時，彷彿又是個如常的日子。

「小姐，起床了！奴婢進來伺候妳洗漱。」輕推了門進來，青荇本以為陸蒺藜還睡著，不承想她卻已經穿好衣服坐在了床邊，不由得略感吃驚。「小姐竟然這麼早就醒了，昨晚還是沒睡好嗎？」

揉揉尚有些酸澀的眼睛，陸蒺藜起身朝梳妝檯走來。「許是習慣了吧。」

「小姐又胡言了，妳往常哪次不是賴床到快日上三竿？」青荇從銅鏡裡看著她偷笑，一邊將溫水端了過來。

陸蒺藜默不作聲地將臉整個埋入水盆中，青荇現在自然不知道，她家嬌養的小姐也會有朝一日習慣了徹夜不眠、早起燒飯、冬日補衣。感到胸腔有些發悶了，陸蒺藜才抬起頭來，帶出一地的水珠。

茫然地將軟布遞過去，青荇有些看不懂了。「小姐，這是妳新創的淨面方式嗎，這樣又有什麼功效啊？」

「這樣淨面的功效？」將臉上的水漬擦乾，陸蒺藜笑著把軟布丟給她，恍若還是那歡脫的少女。「當然是快速清醒過來啦！」

小姐又逗她玩！將軟布在一旁收好，青荇鼓著臉拿過梳子來。「那小姐今天想梳哪種髮髻，又要戴哪根簪子啊？」

目光微凝，陸蒺藜垂眸掃過那一排璀璨奪目的珠寶髮釵，最後卻捏起一根素白玉簪。「就這個吧，昨日打扮得太累贅了，今日簡單些。」

這倒是讓青荇吃驚了，自家小姐，哪次求的不是豔壓群芳？不過轉念一想，她倒也釋然。「也是，我家小姐天生麗質，不用珠寶的妝點也是好看的。」

微眯著雙眼，陸蒺藜感受著髮絲的繞動，心中卻盤算起了別的。當今皇帝是怎樣的性子，她上一世也有些了解，最重皇家威嚴的他知道自己定的親事被攪黃，一定會過問，只要她今天再堅持下去，皇帝了解情況應該就會同意退婚。既然這樁婚事寧思遠不放手，她就逼他放手！

渾然不知小姐起了什麼心思，青荇只管專注著手中的活，髮飾簡單，她就從髮髻下手，又編又繞的，花足了心思。直到陸蒺藜的肚子都開始叫了，還不見青荇停下，惹得她心急起來。

「青荇，妳好了沒啊，要是趕不上爹爹院裡的早飯，我趕妳去後廚了啊！」

「好了好了！」將玉簪插在她頭上，青荇終於停手，本還想再看看有沒有不好看的地方，等不住的陸蓁藜已一溜煙跑了。「小姐妳別急呀！」

拉開了房門，陸蓁藜本想好好感受一下陽光，視線卻不由得被院中的人吸引走，就在對面的長廊下，寧思遠靜靜站著看她。

「小姐，其實我來的時候，寧公子就在了。」走到陸蓁藜的身側，青荇壓低聲音附耳道。

上一世坐在花轎中擦刀的時候，陸蓁藜曾想過，若是再見到寧思遠，一定要掐著他的脖子問個清楚，辜負自己的一世深情，利用陸家的信任重視，去坐上那個冰冷徹骨的位置，他當真開心嗎？到時候，無論他的回答是什麼，自己都要一爪子掐死他。

可如今隔著小院對視，陸蓁藜卻突然發現，自己心中已然沒了這些念頭，徒有一地荒涼。就像是面對一塊碎了的好玉，也許會短暫的心痛惋惜，卻再沒了把玩的興致。

勾起一抹意味不明的笑容，陸蓁藜上前走近他。

「難得，你也會有主動找我的一天。」

聽到她用戲謔的口吻說出這種話，不知為何，寧思遠突然有些心慌。「小藜，我們聊聊吧。我究竟是哪裡惹妳生氣了？」

仰頭望著他，陸蒺藜想到自己上一世對他的討好糾纏，也不是沒有原因的。相較於羅止行的溫和，寧思遠像是一塊寒冰，即便是在陽光下也保留著一絲刺人的冷，一雙狹長的眸子，盡顯涼薄，對於懷春少女來說，還真是勾人得緊。

「小藜，我們之間一路走來並不容易，我知道我此前性子冷漠，對妳沒有很關心。」見到她的眼神重新浮現出了一絲迷離，寧思遠鬆下一口氣的同時，也不由有些輕視。他清楚，陸蒺藜不會那麼容易放下他。「可是小藜，我們若是成婚了，往後定能相敬如賓地過一輩子的。」

其實寧思遠這句話倒還真沒有說謊，他們短短五年的婚姻，何止相敬如賓，都要相敬如陌生人了。陸蒺藜心中好笑，突然伸出手來，輕撫上寧思遠的下巴。

只當自己三言兩語就安撫好了她，寧思遠壓根兒連昨日她到底為何發脾氣都不想再過問了，一個胸無大志的女子，隨便哄哄就好了。這般想著，寧思遠也靠近她幾分，全當作是哄人的親近。

「噗哧！」指尖順勢劃上了他的面頰，陸蒺藜突然一聲笑開，眼中湧起些許嘲弄。轉著寧思遠的下巴看他的臉，就像是在把玩一件裝飾品。「仔細看看，確實不如止行好看啊！這眼睛不夠大，鼻子也不夠挺。」

瞳孔在瞬間微微放大，寧思遠難以置信地愣了片刻才聽懂了她的話，心中立馬升起一股憤怒。寧思遠厭惡地想揮開她的手，可在他想動的瞬間，陸蒺藜就自己收回了手，還不忘在衣袖上輕抹兩下。

懶得再管他，陸蒺藜自顧自轉身。「青荇，還不快走，要趕不上爹爹院裡的早飯了！」

「陸蒺藜！妳到底是什麼意思！」快步追上她，寧思遠眼睛瞇起來，沈聲問道，語氣中竟還有絲氣急敗壞的樣子。

你看，其實這個人的深情也沒有裝得很好，也許上一世自己不過是甘心被騙罷了。陸蒺藜回頭看他一眼，臉上笑容依舊燦爛得很。「我向來是這樣，以折辱別人為樂，狀元郎，你不也一直是這麼看我的嗎？」

陡然被挑破了心底的輕視，寧思遠腳步一頓，似是有些心虛地轉過視線。

「昨日沒用晚膳，我餓極了，你就別纏我了，放心吧，今日陛下召見，我一定會說出你滿意的話。」擺擺手，陸蒺藜不願再絲毫停留，只有她知道，爹爹院裡的那一碟湯包，自己饞了有多久。

陸琇的院子與陸蒺藜的離得並不遠，只是整個佈置比她的院子要嚴肅許多，花草的位置上放著梅花樁與木頭人，放鞦韆的地方改成一個小的武場。

陸琇有著武人的習慣，回京期間每天早上仍會迎著朝陽打一套拳。

「爹爹好威風！」

清風捲來女兒的聲音，陸琇兩三下收住了拳，就見自己的丫頭在門口笑吟吟地站著。「這般早，妳怎麼來了？」

飛奔過來，學著做了個陸琇最後的招式，陸蒺藜笑著挽住爹爹的胳膊。「爹爹一套拳都打完了，哪裡還早？女兒是來蹭飯的，你可有給我留好吃的呀？」

已許久未見她這樣對自己撒嬌，陸琇臉上的笑意藏不住，伸手點點她的鼻子。「妳不是一年前就說自己長大了，以後要在自己院裡吃，看不上爹爹院中的廚子嗎？」

「爹爹，你又笑話我。」癟嘴嘟囔一句，陸蒺藜臉色微紅。什麼長大了，不過是她此前愛玩，晚上只管出去瘋鬧，早上又起不來想賴床，才找了個理由搪塞爹爹。

見她難得乖巧，陸琇越發高興，大笑著帶她進屋。「爹爹當然會給女兒留飯啦！」

在桌子前坐定，陸蒺藜一看面前的菜色便不由得眉開眼笑，有菊花佛手酥、龍袍蟹黃湯包，還有溫著的蜜糖水。

匆忙淨了手，陸蒺藜不客氣地開動，全然沒有半分女兒家的秀氣。可她這樣嬌憨的樣子，落在陸琇眼中就是十足的可愛。正月裡的早晨還是挺冷的，生怕她著涼，陸琇又親自端了一個火盆過來，餘光瞥到了青荇，便笑著看向她。「小藜吃不完這些，青荇妳也一起吧。」

陸琇常年領兵在外，代替他在長安城中陪著陸蒺藜的，也就是這個貼身小丫鬟，他自然也不會苛待了青荇。

忙搖頭，青荇此時也是由衷高興，且不論這不合禮數，她又怎捨得打擾這父女難得的溫馨場面？「青荇豈敢，老爺陪著小姐吃吧，奴婢還有活要幹呢。」

見她這樣說了，陸琇也沒不悅。「也好，妳先去忙吧。」

微福了身，青荇臨走時還不忘讓別的下人也先退下，走到院門邊，她回頭看著那一對甚是和諧的父女，不由得會心一笑。

「慢點吃。」看到陸蒺藜嘴角的油汁，陸琇笑著遞過去一方手帕。「妳同妳娘親一樣，總是偏愛些江南的吃食。」

咀嚼的動作突然一停，陸蒺藜低垂著頭，並沒有接話。

自覺失了言，陸琇眼神一慌，有些無措，卻也不知道該說些什麼，方才還和諧的氣氛，瞬時變得尷尬起來。

「爹爹不吃嗎？」還是陸蒺藜心軟，主動開口轉移了話題。

生怕她生氣，陸琇忙不迭地開口。「我吃過了，這些都是留給妳的。」

她不是近一年沒有來爹爹的院子裡吃過飯了嗎？陸蒺藜一怔，低頭看了一遍桌子上的菜，怪不得都是她喜歡的。「爹爹原來一直都備著我的飯？」

「沒有！誰說的，就是這一次恰好！」立馬坐直了身子，陸琇否認得格外認真。

「我費這神幹麼？只是今日碰巧了，我又不是不知道妳不來吃。」

看著陸琇亂轉的眼睛，陸蒺藜心中好笑之餘，又難免有些心酸。此前她一門心思撲在寧思遠身上，都忽略爹爹了。

將碗筷一擱，陸蒺藜不顧油手就纏上陸琇的胳膊。「那我以後就天天來了，你可得備好！」

「去去去，少弄髒我的衣服。」推開她，陸琇又嫌棄起來，可臉上的笑紋卻沒減少分毫。

一踏入陸琇的小院，走近屋前，寧思遠就看到了這對父女笑鬧的一面，隱去方才所有的情緒，他故作自然地走進屋子。「伯父、小藜。」

在聽到他聲音的瞬間，陸蒺藜的臉色就沈了下來，抓起一塊糕點狠狠咬了一口，轉過頭不說話。

觀察了女兒的神色，陸琇心中暗嘆一口氣，這丫頭就是被自己寵壞了，覺得任何事都能由著她。笑著往旁邊指一指，示意寧思遠坐下。「放心吧，小藜都答應我了，今日陛下召見，咱們一起把這件事掩過去就好。」

「伯父說得極是。」寧思遠微微頷首，看著陸蒺藜的眼中卻劃過憂慮。「這樁婚事可是陛下賜的，倘若就這麼被毀了，置皇家威嚴於何地？這可是我們誰都承擔不起的。」

這是暗裡警告我呢。陸蒺藜擺擺手，索性放肆地吧唧起了嘴，桌面上也吃得一片狼藉。帶著一圈油嘴，她對著寧思遠大大地揚起笑臉。「是，我都知道！」

這兩天陸蒺藜的表現越來越讓人看不懂了，寧思遠擰著眉頭，卻還是想要說些什麼。

就在此時，青荇大叫著跑進來。「小姐，不好了小姐！」

險些被蜜水嗆住，陸蒺藜猛咳幾下才抬頭看她。「咋咋呼呼的，怎麼啦？」

「小姐，奴才剛去下人們的小食堂裡吃東西，聽到他們在聊天，說今天來送菜的人……」看了一眼旁邊的陸琇和寧思遠，青荇咬著下唇，猶豫著不敢往下說。

陸蒺藜卻沒有那種顧忌，擦著手催她。「說什麼？妳倒是快講啊。」

尷尬地閉住眼睛，青荇一口氣全部說出來。「今天來送菜的人說外面都在談論昨天婚禮發生的事，說這婚定結不成了，因為小姐與荊國公有私情，還在婚房內行苟且之事，壓根兒沒有把寧公子看在眼裡……」

氣都沒敢喘，青荇說完後竊竊睜開眼，果不其然看到了臉色比墨還濃厚的陸琇跟寧思遠，嗯，小姐還是淡定得很，隱約還有些竊喜的感覺？

「放肆！是哪些渾球亂嚼舌根？妳去把他們全部找來，老子幫他們拔了那不重要的舌頭！」陸琇的武人脾氣當下便壓不住，拍案而起，氣勢洶洶地咒罵道。

眼珠左右一轉，陸蒺藜順勢抬手用袖子捂住臉，嚶嚶地開始哭。「爹爹，他們怎會用這種惡毒的話來說女兒，這讓女兒往後還怎麼見人！」

轉頭去看她，陸蒺藜的哭訴，莫名讓寧思遠心中多了種彆扭的心疼。「妳昨日胡鬧的時候，怎麼沒想到會有這些麻煩？」

「你還說她！」陸琇轉頭瞪他，女兒一哭，他便顧不得別的，只想拉下她的袖子幫她擦眼淚。「乖女兒，不哭了，爹爹這就幫妳去出氣！」

可在場只有青荇的視角才看得真切，小姐那被捂住的臉上哪裡有半顆淚珠，不過乾嚎得起勁罷了。忍著心底的好笑，她低垂著頭，假裝也是分外憂愁。

「那麼多人在講，爹爹還能都按著他們打一頓？」空閒的一隻手捂住胸口，陸蓁蓁的哭腔哀怨又委屈，拿捏得剛好，夠惹人心疼。

陸蓁蓁的這句話倒是不錯，寧思遠鬱結地吐出一口氣，也看向了陸琇。「世人皆愚昧，我們只要讓陛下不信這傳言就好。再說了，倘若咱們真的找那些說閒話的人出氣，旁人可能覺得我們是心虛而惱羞成怒。」

陸琇再怎麼耿直的武人心思，在這長安城裡爬到這一步，也自然不會當真莽撞行事。冷靜下來就知道，寧思遠說的都是真的，對女兒也就更為心疼。

捏準了爹爹的心思，陸蓁蓁撐了好久不眨眼，終於憋出幾絲淚水，立馬放下捂臉的袖子抓住爹爹的手。「爹爹，陛下召見我時，女兒一定要說出自己的委屈，求得陛下為我證明！」

「好好好，爹爹同妳一起去，看那些長舌鬼們還敢不敢污衊我女兒。」哪裡還有不答應的道理，輕擦去她的淚珠，陸琇又端來一杯水。「乖女兒，不管他們，再吃一點啊。」

抽吸幾下鼻子，陸蒺藜推開自己面前的碗筷杯盞。「女兒吃不下，想先回去哭一會兒，總不能在聖上面前想起方才的委屈，再惹得陛下不快。女兒回房了，爹爹再坐一會兒吧。」

生怕自己多待一會兒要笑出聲來，陸蒺藜委委屈屈地捂嘴站起來，拉著青苻就跑。望著那兩人離去的背影，寧思遠後知後覺的感到有些不對勁。「將軍，真的要讓小藜和我們一起進宮嗎？」

「當然，我都答應丫頭了。」陸琇回得毫不遲疑，知道寧思遠心中的擔心，便又勸道：「我們昨日商定不要讓她進宮，是怕她腦子沒轉過來繼續胡鬧，可你方才也看到了，她有多乖巧，不會有事的。」

「可是……」

見他還想多言，陸琇揮袖打斷他，兀自站了起來。「沒什麼好可是的，我相信我女兒。思遠，你們昨日拜了堂，縱然我以前沒多看得上你，如今也是真心把你當成了女婿。我知曉我女兒貪玩又胡鬧，我也知曉你有諸多看不慣她的地方，可你們既然成了婚，我還是希望你往後能把她的心情放在第一位。」

說到最後，陸琇眼中已經多了些警告的意味。

目光掠過他已顯佝僂的脊背，寧思遠壓下心底的思緒，站起身鄭重一拜。「岳父所言，小婿都記下了。」

「小姐，妳剛才裝得可真像，我都差點信了！」剛走出陸琇的院子，青荇便忍不住笑嘻嘻地開口。方才小姐拉下袖子的一瞬間，就算知道她是裝的，自己見著也有些難過，更何況是將軍。

臉上滿是得意，陸蒺藜甚是豪情萬丈地一揮手。「好說，妳家小姐演什麼都像！我就是盼著這流言傳得再離譜些，就算不能讓陛下信服，給寧思遠戴一頂大綠帽子，我也解氣。」

雖說壓根兒不知道陸蒺藜是為了什麼這樣做，但無論如何她都是支持自家小姐的，小姐怎麼說她怎麼做。青荇也跟著捏緊拳頭，重重點頭。

餘光看到了青荇的表情，陸蒺藜心中生出些興趣，瞇眼笑著捏捏她的臉。「我問妳，我若真嫁給寧思遠，妳怎麼想？」

「老實說寧公子是一表人才，又有君子之風，只是平日裡不苟言笑還有些陰沈，但如果小姐喜歡，嫁給他也是好的。」

撇著嘴，陸蒺藜繼續問道：「那要是嫁那個羅止行呢？」

歪頭回想一下，青荇回道：「荊國公平日很低調，其實內裡如何沒人知道，但是光看外在表現，國公是更好的，況且家世好，小姐能嫁他當然好啊！」

望著小丫鬟一臉的認真，陸蒺藜突然咧著嘴開始笑。「那倘若我去大街上找了一個賣糖人的小子呢？」

「那也好，軟弱易拿捏，他定然不敢欺辱了小姐，而且還會做糖人，小姐不是最喜歡吃甜食了嗎？」眼角彎彎，青荇晃著手幻想。「小姐那麼好，嫁給誰都能過好日子，只要小姐一直帶著青荇，那就永遠都是好的。」

真是個傻丫頭，這般好的青荇，自己上輩子怎麼就沒能照顧好，在寧思遠發動叛變的時候非要她出去探聽消息，讓她年紀輕輕就死於非命……陸蒺藜笑著笑著，突然扭過頭，尾指飛快劃過眼角，拭去些水珠。

尚不知道自家小姐情緒變化的青荇笑得單純，快步跟在她身後嘮叨。「不過小姐，妳變了好多，要是妳以前的性子，想要什麼只管橫衝直撞的，將軍肯定不許。如今小姐還會這樣迂迴，真好……小姐，妳慢些，剛吃飽不能走太快啊……」

清風吹來，積累了一整個冬天的力量，桃枝也在人們看不見的地方努力，只等著一朝春風來，便是萬樹花開。

長安城的另一邊，國公府裡的書房，羅止行正提筆描摹著一朵紅杏，今日他換了件暗色深衣，外罩一件絳紅色大氅，將整個人的氣質襯托得極為貴氣。

帶著長均剛進來，就看到這樣的畫面，羅傑待他收筆才上前。「主子，陛下召見。」

「主子今日穿得好生正式，那句話怎麼說來著，郎豔獨絕！」長均也湊上來，他是羅止行的貼身侍衛，前幾日家中有事回去了一趟，方才回到長安。

先笑著同管家打了招呼，示意自己知道了，羅止行才看向長均。「回去一趟，倒是有文化了啊。家中妻子可還好？仍是不願搬到京城來嗎？」

憨厚地笑著摸摸後腦勺，長均如常在他身後半步站定。「是，她說習慣鄉村的日子，還是願意在那邊待著。」

點點頭，羅止行走到銅鏡前打量一下自己的穿著，一回頭，就看到羅傑望著自己發笑。

「我要進宮去見陛下，不得整頓一下衣著？」

「是，老奴也沒說您是為了別的啊。」羅傑順著點頭，似是分外認同。

難得他能被噎住，再解釋反而莫名其妙，羅止行搖搖頭，看向長均。「你可有治擦傷的藥？」

立馬從腰間拿出一小紙包藥粉，長均困惑地遞給他。「國公受傷了？屬下只不過離開了三日，怎麼就……」

「咳咳！」目光在那包藥上停了片刻，羅止行卻沒有接過來。「並非是我受傷。」

唉呀，這個呆子！羅傑看不下去，一把拍上長均的肩膀。「你以為誰都如你這般糙？受傷的是個姑娘，要用上好的不能留疤的藥，最好是用精緻的小瓷瓶裝著。」

「藥是用來治傷的，又不是好看的，還精緻的小瓷瓶。」長均對這種要求嗤之以鼻，卻還是在袖子中翻找許久，摸出一個粗陶瓶子。「就這個吧。」

讓羅傑戲謔的眼神盯著，心裡沒鬼也會面龐臊熱，羅止行輕咳幾聲，故作自然地快速拿過就轉身往前。「快些備車吧。」

忍了許久的笑，直等到羅止行走遠看不見了，羅傑才抓住想跟上去的長均，迫切地同他分享。「昨日他去陸家婚禮赴宴，席間出去閒逛，似乎和陸琇的女兒有了些交集。」

「國公那般容易迷路，還總愛隨意逛。」長均吐槽一句，才驚得跳起來。「不對，那個陸姑娘名聲恁差，昨日還成了婚，國公和她有什麼交集？」

又是個木頭，也就多虧了幼時的婚約才有了媳婦兒，羅傑嫌棄地看他一眼。「昨日的婚禮沒完成，再說了，只要國公大人喜歡……算了，你剛回來，什麼事都不知道，不與你說了，我去備馬車，你快些隨國公進宮去吧。」

尚未從午覺中完全清醒過來，陸蒺藜就被拉起來收拾妝容，緊接著被送上入宮的馬車。如今坐在馬車內看著越來越近的宮門，陸蒺藜雙眼迷離，也不知在想些什麼。

「女兒別怕，待會兒見了陛下，妳就說你們只是一時爭吵負氣，什麼事都沒有，聽聞荊國公也被召見了，他也一定會為妳說情的。」看著女兒的側臉，陸琇不免出聲勸道。

陸蒺藜蒼白著臉點點頭，馬車恰在此時停下來，已然是到了宮門口。

「下去吧。」寧思遠也看到了她的臉色，下車後狀似不經意地又在她身側說一句。

「放心，有我們呢。」

莫名其妙地看他一眼，陸蒺藜轉過頭不想搭理他，沒想到一轉頭，卻看到了另一輛馬車。「爹爹，那是荊國公嗎？」

沒等到回答，那馬車便停了下來，下車之人不是羅止行還有誰？他看起來還挺精神，身側更多了個挺拔的侍衛。

羅止行也最先望見了她，淺笑著整理衣服走過來。「見過將軍、寧公子、陸姑娘。」

「止行，你也來了，等會兒還得勞駕你跟陛下說情了。」陸琇笑著客套，皇帝畢竟是羅止行的親舅舅，他說話總還是有分量的。

低垂著眼笑笑，羅止行模樣溫和，卻也沒有明確應下。

唯有寧思遠頗有些不自在。「先進宮去吧。」

「等一下，」誰知羅止行卻突然叫住，目光移向陸蒺藜。「在下有幾句話想同陸姑娘說。」

瞬間覺得頭頂又有些綠，寧思遠面色冷然，卻也不好多說什麼，只得往前幾步先行避開。陸琇則自不必說，相信自家女兒清白，也隨之走遠。

反倒是陸蒺藜有些不自然，彆扭的低著頭不去看他，視線裡突然多了一個粗陶瓶子，這才茫然的抬頭。「這是什麼？」

「我記得，昨日陸姑娘手掌受傷了。」依舊笑得溫和，羅止行又朝她的方向遞了遞。「將就用一下吧。」

陸蒺藜猶豫著伸手接過來，忍不住想說清楚。「多謝國公，可是我沒有嫁人的打算了。」

「嗯？」羅止行特意看她一眼，也沒多說什麼，想到另一件事。「陸姑娘是真的打定了主意要退婚，惹惱了陛下也在所不惜？」

順手挑出一點藥膏塗抹在手心，陸蒺藜對此倒是沒打算瞞他。「是，我一定要退婚。」

挑起眉毛，羅止行沈思片刻，笑著點點頭。「好，在下知道了。」

看他像是要幫她一樣，陸蒺藜再次極為憂心地看向他。「多謝國公大人，只是我這棵歪脖子樹不好的，你這豔豔少年郎，切莫傾心於我啊。」

這又是什麼話？昨日還說對自己一見鍾情，今天又急於撇清，變臉變得也真快，羅止行費解地蹙起眉。還沒等他說話，就見陸蒺藜轉身朝著等候的陸琇他們去了，只得將她的奇怪拋在腦後。

羅止行正要跟著進宮，就見到了自家侍衛也以一副愍悶的表情看他。

「你又是怎麼了？」

「國公，這陸姑娘哪裡好，你竟然喜歡她？」十分憤懣地開口，萬幸長均還沒忘了壓低聲音。

「……」真是奇了，他有說自己喜歡陸蒺藜嗎？

猶嫌不夠似的，長均又開口道：「國公你就是一直沒接近過女子，一時寂寞難耐，長均都懂！你現在的喜歡都是錯覺，等過一段時間，飢渴的狀態過去了，你就會發現她不過是個俗氣女子。」

突然咬牙揚起一個笑容，羅止行伸手拍拍他的肩頭，似是十分惋惜。「你說我這偌大的國公府，也確實不缺一個編排主子的侍衛，就是你丟了這麼好的一份差事，可惜了。」

說完，羅止行逕自朝宮門而去。

國公這是什麼話？等一下，莫不是在說不要他了？都怪那個紅顏禍水！立時垮下臉，長均快步跟上羅止行，不敢再隨意開口給國公添堵，路過陸蒺藜的時候，還不忘狠狠瞪她一眼。

無辜挨了一眼刀的陸蒺藜滿臉不解，只是已然入了宮城，一行人都低垂著頭默不作聲走路，生怕行差踏錯。

重英殿內，皇帝程定高坐在龍椅之上，目光依次劃過殿下跪著的幾人，才拿過一個奏摺邊審閱著，邊淡淡開口。「都起來吧。」

藏在裙子下的腿有些發顫，陸蒺藜忍不住側頭看一眼寧思遠。沒人知道他的心思，就如同沒人知道他的身世一樣，也任誰都想不到這個尚無官職的狀元郎，會在五年之後成為這座宮殿的主人。

看了兩、三行字，空氣還是一如既往的靜謐，程定像是才反應過來一樣，抬頭看向陸蒺藜，問題卻是朝著陸琇問：「陸愛卿，你還記得當初是如何向朕要求賜婚的嗎？」

「回陛下，陛下關愛老臣，為小女賜下婚事，老臣當然不敢忘記。」佝僂著腰，陸琇站出來，語氣十分謙卑。

程定點點頭，轉而看向寧思遠。「寧思遠，你是朕欽點的狀元，當時朕許給你的官位，你可是都不想要，只說想先成家。只是你這家成的，委實熱鬧啊。」

躬身一拜，寧思遠不敢隨意說話。

「還有你。」目光一轉，程定又看向一旁站著的羅止行，似笑非笑。「朕幾次三番想為你訂下親事，告慰皇妹的在天之靈，你都拒絕。現在倒好，惹了一身腥，讓別人看足了笑話。」

羅止行也只得站出來，現下也就只有他能接上幾句話了。「回陛下，都是傳言和誤會罷了。陛下對微臣照顧呵護，微臣自然感激涕零。」

「哼，傳言。」冷哼一聲，程定這才看向人群最後的那個女子。縱然傳言有不實之處，那也並非是憑空而起，這個陸家女一向放肆無禮，偏偏陸琇還寶貝得緊。

再次拿過桌面上的奏摺，程定也有些心生厭煩，故意冷著他們。

敲打了在場的所有人，卻唯獨留著她心生煎熬，這個皇帝政事做得如何不知道，玩弄人心卻是一把老手。陸蒺藜低垂著頭，開始仔細回憶起上一世，這大晉朝堂是如何一步步瓦解的。只是可惜，目光被宅院束縛住的她，上一世除了關鍵節點的事件結局，又哪裡能看出早先的走向。

雙目微沈，還來不及過多感慨，她突然感覺被人暗中推了一掌，一抬頭，竟看到皇帝直視著自己。

「朕的話都不理睬，妳這小丫頭，是當真無法無天了嗎？」

他剛才叫她了？陸蒺藜雙目微現茫然，餘光便瞥到了一臉擔憂的陸琇，隱在袖子的手狠狠一掐傷口，她頓時眼中含淚，顫抖著聲音往前一步。「臣女豈敢，只是陛下威嚴莊重，讓小女子一時不敢答話。」

轉著拇指上的扳指，程定冷冷一笑。「哦，原來妳還有怕的東西啊？」

「臣女微若草芥，自然多的是畏懼之心。」低垂著頭，陸蒺藜順勢跪下來，露出怯弱的脖子，像是在聽候這些強者的審判。

女兒的乖順，讓陸琇心中稍感欣慰，當即擋住皇帝看她的視線，長拜道：「陛下，老臣清楚陛下是想弄清楚昨日之事，但昨日其實沒什麼事，坊間議論的傳言全是假的，小女也絕非對您的賜婚不滿，只是與寧狀元兩人恰好鬧了彆扭，年輕衝動，才有了昨日之舉。」

程定心中再清楚不過，這都是陸琇為了保護女兒的說法，唇角勾起，他又看向寧思遠。「寧思遠，苦主是你，你說呢？」

「承蒙陛下厚愛，賜婚於微臣和小藜，微臣心中亦是萬分的感恩。昨日實乃微臣之過，不該在成婚之前惹怒小藜，她性情單純，出格之舉純屬無心之過。」落後陸琇半步，寧思遠也彎著腰回道。

看來他並不打算計較，心中了然，程定再次看向手中的奏摺。人家被戴了綠帽子都不在意，他一個皇帝又何必管，左右只要不輕易挑戰皇威就是了。

程定心中拿定主意，走過場一般地問羅止行。「那你與她的來往，也全然都是守禮的了？」

雙目微斂，羅止行沈默片刻，待到程定都看向了他，才像是無奈地開口。「陛下不如問問陸姑娘。」

瞬間察覺到不對勁，寧思遠卻壓根兒沒有出口阻攔的機會，就聽到了程定不辨喜怒的嗓音。

「陸家姑娘，妳怎麼說？妳是要承認自己一時衝動惹了閒言閒語，回去與寧思遠安心過日子，還是有別的說法？」

剎那的緊張氛圍中，陸蒺藜聽到了自己一下又一下的心跳聲，突然心中好笑，又不是沒死過，怎麼還會有害怕的感覺？長吁一口氣，她抬起了頭。「回陛下，民女不願意嫁給寧思遠，民女對國公一見鍾情，望皇上成全！」

高聲說完後，陸蒺藜跪下來重重磕頭，額頭抵在冰涼地板的瞬間，她餘光看到了爹爹慌亂的步伐，也聽到了寧思遠倒吸一口涼氣。她在賭，賭皇帝會因為愛惜寧思遠而厭惡她同意解除婚約，同時在賭，爹爹的身分足夠保她一命。

空氣一時間有些凝重，除了羅止行，沒有一個人想到她會這麼說。垂眸凝視著自己的腳尖，羅止行暗嘆一口氣，微微搖頭。

「好啊，妳真是好樣的，這樣的血性，不愧是大將軍的女兒！」程定突然開口，大笑兩聲，彷彿真的對陸蒺藜的行為很欣賞。可是笑容一收，他猛地一拍案桌。「既然如此，朕就成全了妳。」

瞬間瞪圓眼睛抬起頭，陸琇心頭生出絕望，撲跪在地。「陛下，老臣就只有這麼一個女兒，求陛下饒命啊！」

只是程定壓根兒沒有理他。「陸家有女陸蒺藜，抗旨不婚在先，不守婦道在後，著令其與寧思遠解除婚事，三日後沈江！」

「陛下饒命！」這下不只陸琇，寧思遠也跪了下來，他縱然對陸蒺藜剛才的言語憤怒，卻也無意要她死啊。

連眼神都沒有多停留，程定將奏摺往一邊扔去，背著手就想離開。「李公公，你去看著將陸蒺藜下獄，再將剩下的人都給朕送出宮去，不准任何人求情！」

一直站在暗處的李公公這才彎著腰站出來，恭送皇帝遠去，而後走到面如死灰的陸琇面前。「陸大人，您也聽到了，可別為難咱家啊。」

劇烈地咳嗽幾聲，陸琇轉身撲到女兒面前護住她。「不行，蒺藜是我的女兒，本將軍不許任何人動她！」

「陸姑娘自己想不通，能怪誰？陛下本都打算不在意了，她偏又要頂撞，又能怎麼辦呢？」李公公冷聲勸了一句，便招手讓一隊禁軍走進來，馬上就要帶陸蒺藜走。

立馬拉緊了女兒的手，陸琇哪裡肯讓步。「不行，你們不能帶她走！」

陸蒺藜一時也不知該如何是好，並非沒想過會有這樣的畫面，可她一心只想與寧思遠解除婚事，哪管其他後果。如今見到爹爹這樣，她才再次意識到了自己的蠢笨，若是自己就這麼死了，爹爹和陸家又該怎麼辦？

心亂之際，她眉目一轉，看到了不遠處的羅止行，雙目在瞬間迸發出些許希望，緊盯著羅止行，訴說著自己的祈求。

陸琇是當朝的大將軍，守護皇宮的禁軍雖說不屬於他管轄，對他總也是心存敬意，此刻見他死死護著女兒，一時也沒人敢強硬動手，氣氛在瞬間有些僵持。

陸蒺藜還是看著羅止行，直覺很清晰地告訴她，他一定是最後的轉機。

何嘗看不出她的心情，羅止行雙目微沈，走上前來。「陸將軍，你這般堅持沒有任何作用，甚至可能再一次惹怒陛下。」

他的語氣溫和如常，在此時卻顯得很冷漠，陸琇心頭越發悲涼。「那怎麼辦？我不能眼睜睜看著女兒赴死！」

咬緊牙關，寧思遠也走過來勸導。「將軍，陛下體恤百官，寬懷仁厚，我們再想辦法就是了，如今您在這裡阻攔，實乃下下之策。」

「爹爹，你先放開我吧，一切都是女兒自作自受，是我應得的。」陸蒺藜也抽泣著想要推開陸琇，再這樣下去，她會連爹爹也連累的。

心中清楚不過，他們說的都是對的，陸琇狠狠甩陸蒺藜一巴掌後，反倒自己先捂著胸口痛起來。「妳個孽障，為何不聽我的?!」

臉頰瞬間高腫起來，陸蒺藜卻顧不得，只是手下用力試圖將爹爹再推遠些。

冷眼旁觀著面前這父女情深的戲碼，李公公越發不耐煩，嘴唇微動，正想要下令讓禁軍們動手，察覺到了他的動作，羅止行搶先一步開口。

「陸將軍，現下並非死局，可你若是再鬧下去，就真沒有轉圜的餘地了。我看這樣吧，你們暫且先回去，我親自送陸姑娘去，順道幫她打點一二，可好？」

扶著陸琇站起來，寧思遠心中憋悶，卻也知道現在只有羅止行能隨同幫忙了。

同樣把他當成了唯一的救命稻草，陸琇捏緊他的手。「止行，我只能拜託你了。」

「李公公，你同意嗎？」對陸琇微微點頭，羅止行又轉頭看向李公公，沈聲問道。

頷首算作行了禮，李公公皮笑肉不笑地道：「國公想去哪裡，陛下未下令，老奴豈敢攔？」

暗示地拍拍陸琇，一切交給他安排，羅止行神色如常地抽回手，目送著他們先行退離，才整理好略有些凌亂的衣服回到陸蒺藜身邊。「走吧。」

沒人阻攔了，禁軍拿著枷鎖上前要給陸蒺藜戴上。

「這就不用了吧。」誰知羅止行卻伸出手，攔下了他們的動作。「有李公公和本國公一起押送一個弱女子，還不夠嗎？」

禁軍詢問的目光看過去，只見李公公皺著眉點頭，他們也就聽令退下。

李公公這才笑著開口，尖厲的嗓子頗有些刺耳。「旁人都道是流言，如今看來，國公竟還真的與陸姑娘頗有交情。」

羅止行沒有回話，只是無奈一笑。

「陸姑娘，那就請吧。」

下意識地咬著嘴唇，陸蒺藜忍著臉上的脹痛，跟上李公公的步子。

第三章

幾人出了重英殿沒多久，就見到了一直等候在殿外的長均。

剛目送臉色難看非常的陸琇、寧思遠二人離開，再見到這三人，長均不解地跟上，來到羅止行身側低聲問道：「爺，這是怎麼了，要帶她去哪兒？」

羅止行的表情別人看不出有何不同之處，可他轉頭看了一眼長均，瞬間就嚇得他立馬噤聲，只能閉嘴乖乖跟在身後。

以前不知道這皇宮裡也有關押犯人的監牢，還不輸刑部的規格，不過環境到底好一些。陸蒺藜被推入一個小牢房內，腳步一個趔趄，眼看著就要摔倒，憑空伸來一雙手拉住了，陸蒺藜扭頭一看，就對上了那雙亮如星辰的眼眸。

見她站穩了，羅止行才鬆開手，對著李公公客氣地笑笑。「公公，我有幾句話想同陸姑娘說，不會耽擱太久。」

「咱家說過了，國公想做的事情，除非陛下不允，否則沒有人會阻攔。」依舊是那道尖厲的嗓音，李公公說完之後，就直接退到了牢房門口。

使個眼色讓長均也出去，羅止行走到陸蒺藜面前站定，朝她伸出手。「此前給妳的藥呢？」

在袖子裡摸了半天，陸蒺藜才找出那個陶瓷瓶，吸著鼻子遞過去。「我都這麼慘了，你還要把藥收回去。」

被她可憐兮兮的話語一噎，羅止行好氣又好笑，倒出一點藥膏在指尖，伸手就朝向她的臉龐。

下意識地往旁邊一躲，陸蒺藜沒打算讓他幫忙。「我不要緊的，自己來就好。」

「我幫妳塗。」

誰知羅止行卻強硬地伸手過去，輕柔而認真的幫著她抹藥，察覺到了她的不解，餘光暗示地往牢房外的李公公那裡示意。

轉頭瞅一眼，陸蒺藜更為奇怪，他故意在李公公面前顯露親密，又是為何？

看懂了陸蒺藜的困惑，羅止行暗嘆一口氣，就著抹藥的動作再靠近她一些，壓低嗓音。「要幫妳，至少我得有個理由吧？」

男子清冽的氣息包裹而來，陸蒺藜脖子上起了一圈細小的雞皮疙瘩，半邊臉通紅一片。

餘光一直觀察著牢房外的人，李公公似是看不下去，又避遠了些，羅止行這才收手，將藥瓶重新交給她。「臉應該明日就能消腫，手上的傷，陸姑娘等會兒自己塗吧。」

半晌不見人答話，羅止行抬眸看去，才發現了她臉上的潮紅和不自然。摸摸鼻子，他退後半步拉開距離。「方才是我唐突了，但是眼下讓陛下相信妳我有情，反而便於我有所行動。」

「嗯。」點點頭，陸蒺藜伸手拿過那個藥瓶。「多謝國公。」

她倒是對於他的幫忙心安理得，羅止行突然生出逗弄之心，故意笑著嘆氣。「早知道去陸府喝杯喜酒會惹出這麼多的麻煩，那酒再好，在下也不會去的。」

又嘴硬了，看到自己暗戀之人嫁人，指不定多難過才會逛到陸家後院去呢。堅信羅止行喜歡她的陸蒺藜撇撇嘴，隨口應道：「反正也不妨事，倘若沒有國公，我隨便拉個別人也行。」

「那妳三日後就注定是沈江的命了！」話語脫口而出，羅止行才後知後覺感到自己語氣中的些微不滿，不由輕咳一聲轉移話題。「陸姑娘，就算妳執意要解除婚約，用這種辦法也是蠢鈍至極。」

是啊，自己一點都沒變，上一世癡傻，這輩子也沒聰明到哪裡去。只是她一醒來就是拜完堂的場面，還能怎麼做呢？能走到這一步，已是費盡了力氣。沮喪地低著頭，陸蒺藜難得沒反駁。

「你說得是，我竟然妄圖利用陛下，確實是蠢。」

「利用陛下達成目的，是險棋，但也不是不能走。妳最蠢的是，沒有給自己預設後路，將生死完全依附在別人身上。」羅止行說完頓了頓，看她難過地低垂著頭，才又開口。「不過陸姑娘唯一高明的一點，已勝過旁人萬千。」

這是在誇她？猛然抬起頭，陸蒺藜好奇追問。「是什麼？」

注視著她明亮的眼睛，羅止行努力忍笑。「那便是陸姑娘運氣好，碰到的是在下，謀略過人，心腸也夠好。」

「……」打擾了，原來是在誇自己。陸蒺藜艱難地憋出一抹笑容，曲意附和地點點頭。

也沒時間再耽擱了，羅止行打量一圈周圍的環境，小歸小，終歸還是可以住人的。「這三日妳就乖乖在這兒吧，可能會吃些苦頭，但比起丟掉小命總是好很多，等我的消息吧。」

口吻間儼然把她的事放在了心上，懷揣著不能耽誤大好青年的心態，陸蓁藜再次猶豫地開口。「國公大人，我真的沒打算嫁給你，你就算把我救出去，我也不會嫁給你的。」

「……」差點被她氣笑，羅止行搖頭轉身。「幸好如此，我國公府也沒打算迎娶一個聲名狼藉的女主人。」

就當他一時好心吧，他就是想幫她一把，沒有別的意思，然而思慮之間，那人的身影不知不覺地潛藏進了心底深處，只是他全無察覺。

目送著羅止行和李公公離開後，陸蓁藜坐了下來，竟還真的按照羅止行說的盤算起來。倘若再來一次，她到底該怎麼謀劃，才能在保住自己命的同時退婚？

剛出了宮門，陸琇二人未多停留，直接駕車去了國公府，等待和羅止行會合。

二人來到國公府，碰巧管家羅傑有事不在，迎接他們的是國公府的一個小廝，查看了陸琇和寧思遠的名帖，忙請他們進府。

一邊帶路來到大廳，小廝笑著寒暄。「尚未與陸將軍和寧公子道喜，昨日陸姑娘與寧公子大婚，真是天作之合，祝二位白頭到老。」

眼下他這樣的話在陸琇心中無疑是陰陽怪氣，當下就拉下臉來。「憑你這小廝，也膽敢嘲笑本將軍的家事？」

「小的真心祝福，怎敢嘲笑？小的實在不解，望陸將軍恕罪。」尚不知陸琇怒從何起，小廝茫然地道歉。

「你不知道發生了什麼事？」觀察著他的表情，寧思遠發現他是出自真心道賀。

「發生什麼了？」不解地問道，小廝細想後，終於想起一絲緣由。「是聽聞當時婚禮發生了一些狀況，但是國公不許府內之人議論流傳，故而小的實在不知曉，倘若方才的話有失禮之處，萬望勿怪。」

沒料到他是真的不知道，陸琇半晌後和緩了些許面容，才擺著手示意他退下。「原來止行竟是這般整治府中，我以前只當他性子溫和，現下看來是小覷他了。」

羅止行雖說年紀輕輕便承襲了爵位，但一向溫和守禮，從不曾聽聞他有什麼跋扈之舉。這種品格，自然引來諸多讀書人的欽慕，饒是陸琇常年駐軍在外，也聽說過不少人對他的稱讚。

寧思遠強壓下心中湧起的些許不舒服的感覺，靜靜坐到另一邊，等兩人快喝完丫鬟奉上來的茶，才聽到羅止行的聲音。

「緊趕慢趕，還是讓陸將軍久等了，是止行的不是。」連衣服都來不及換，羅止行就匆忙進來，遣了所有奴僕下去。

匆忙擱下杯子，陸琇來不及多言就想要跪下。「國公，求你救我那不成器的女兒！」

「將軍這不是折煞在下了？快請起。」飛快伸手攔住了他的動作，羅止行請他回椅子上坐好。「陸姑娘行事確實衝動，但是也絕對罪不致死，在下定會盡些綿薄之力的。」

掩住內心的悲愴，陸琇也明白，既然羅止行摻和了進來，就一定是要管的，只是也不能將話說得太滿。閉眼穩了穩自己的心神，他重新開口時，已然鎮靜了許多。「國公願意幫忙，老夫自然是感激不盡，不知你打算怎麼做？」

「陸將軍喚我止行就好，你不必多擔心，自己先慌了陣腳。」吩咐下人重新奉上兩杯茶，羅止行在主位上坐下。「我說過，這件事定然還有轉機，陛下今日只是一時衝動。」

一口熱茶壓下煩雜的心緒，寧思遠沈吟片刻。「小藜……陸姑娘的做法確實衝撞了聖顏，陛下那般罰她，雖說嚴厲，卻也並非師出無名，國公為何說是衝動之舉？」

含笑的目光看向他，羅止行輕點兩下陸琇。「因為陸姑娘的爹爹，是我們的大將軍啊。」

瞬間提醒了寧思遠，太平時期殺個將軍之女也就無所謂了，可如今看似歌舞昇平的大晉，背後早已搖搖欲墜，邊境的壓力越來越大，而朝堂上有聲望有能力的將軍，如今只陸琇一人，皇帝再怎麼昏庸，也斷不會在此時殺陸琇的女兒。

抬起頭來，寧思遠再次端起茶杯，原來這位低調的國公大人，倒也一直關注著時局。

「對啊，我畢竟手握軍權，更何況小藜所犯的並非十惡不赦的大罪啊。」待那兩人心思繞出去好幾個彎後，陸琇才拍掌附和，心頭陡然鬆下一口氣。「那陛下到底為何突然發怒？」

垂下眼睫藏住自己的情緒，羅止行淡淡開口。「許是因為那份奏摺吧，我推測其中所書之事不是好事。」

忍不住脾氣，陸琇一摔手中的杯子，砸出一道殘影。「就因為一份奏摺惹怒了他，他就要我女兒的命？」

「將軍慎言！」厲聲出口攔下他的話，寧思遠緊張轉頭，卻只看到羅止行低垂眼眸，彷彿並沒有聽清陸琇的話，這才放下心來，將陸琇拉回來坐好。

碎了的瓷片在地上滾幾圈，茶湯灑落一地，險些濺到了他的袍角，羅止行盯著看了片刻，才重新笑著抬起頭來。「有了陛下本不想殺陸姑娘的前提，我們現在只要讓他心軟收回成命就是了。」

「說得倒是輕巧，陛下最重視皇權威嚴，又怎麼會輕易收回成命？他上次聽信讒言下令殺府尹大人，明明平反的證據都遞到了他面前，他不也只是輕描淡寫一句皇命為大，就要了府尹的命嗎？」許是故意想要槓一下羅止行，寧思遠嗤笑一聲說道。

饒有興致地挑起眉毛，羅止行輕敲兩下桌面。「方才寧公子還在勸阻陸將軍，轉瞬就說了這樣的話，莫不是你也對陛下心存不滿？」

表情微怔，寧思遠勉強笑笑。「我哪敢？」

「讀書人總是有些氣節的，要我說，狀元郎還真敢。」狀似開玩笑的一句話，羅止行說完就不再在意。「寧公子，你如今與陸姑娘是再也沒了結鴛盟的可能，你可還願意付出一切去救她？」

忍著心尖的強烈觸動，寧思遠微皺著眉，他本欲藉著和陸蒺藜成婚後進入陸家軍隊，逐步掌控陸琇的軍權，一步步達成心中大計，滿足心底那最深處的欲望。可如今這條路斷了，他又該怎麼辦？

自知陸家對不起他，見到寧思遠的猶豫，陸琇也不好開口，只得滿是希冀地期盼能有自己想要的結果。

丫鬟奉上的茶早已見涼，羅止行卻像是毫無察覺似的端起來啜飲一口，一路冰到了心底。「在下隱約記得，狀元郎剛及第的時候，陛下可是甚為賞識，想要為你親自授官，朝堂正值用人之際，你卻找藉口推辭到了現在。」

寧思遠若有所思，是了，他當初是盯準了陸家，欲走奪軍權的路子，才一直拖著不領文官朝職。可如今形式大變，他是不是該順勢轉走朝堂之路？謀得百官認可，於他並非難事，更何況藉著為陸蒺藜求情為理由，一則使皇帝不生疑，二則能博得重情重義的名聲，三則使陸琇深感愧疚和感激，關鍵時依舊可以擁有軍隊支援。

「國公大人的心思和手段，在下今日算是見識到了，我知道自己該怎麼做了，明日便會入宮見陛下。」心中已然做了選擇，寧思遠站起身，對著羅止行俯身一拜。

笑著點點頭，羅止行恍若聽不出他話語裡的深意。「那便祝寧大人往後仕途一帆風順啊。」

饒是對這些彎彎繞繞再遲鈍，陸琇也明瞭寧思遠答應幫他，心中越發驚喜。「多謝思遠賢姪，就算我陸家無緣高攀讓你做女婿，我陸琇也認準了你這個子姪。那止行，我只要去陛下面前求他就行了嗎？」

「不，最不能去求情的就是將軍。」誰知羅止行卻一口否決。「若是你去求情，有可能惹得陛下更厭煩不說，萬一讓他覺得你是在威脅他，事情可就再無轉圜餘地了。你要做的，就是回府閉門謝客，做出一副頹唐沮喪的樣子。」

仔細思索了一下，陸琇將信將疑地開口。「只是這樣，就能救我女兒的性命？」

「這樣確實能動搖陛下的心思，不為難一個女兒家，不過事情最終是否能如願，這最後一分力，只能交給老天爺了。」放下茶杯，與桌面撞出清脆的一聲響，羅止行站起來整整衣服皺褶。「事不宜遲，二位回去準備一二吧，在下也有事情要忙，就不多留二位了。」

眼下最心急的自然是陸琇，見羅止行沒有其他要說的，二人當即便拜謝離開。

直到走出國公府重新坐上了自家的馬車，回想起羅止行方才的冷靜佈局，陸琇也是不由得慨嘆。「這位荊國公，想必是一直以來都被小看了，竟然能對陛下的心思掌握到如此地步。」

「這倒是沒什麼奇怪的，能從十三歲撐著國公府走到現在，他對陛下的心思可沒少猜。」驟然改變了往後的所有計劃，寧思遠此時也是心緒浮動，聽到陸琇的話，亦甚為嘆服。閉眼皺起眉，他思索起了別的事情。

待陸琇等人走後，羅止行獨自蹲在地上看著方才被陸琇摔碎的茶杯，片刻後竟然直接伸手去撿，將所有碎瓷片用手帕包好，站起身來，他才看到羅傑不知何時站在了門口，一臉擔憂地望著他。

略笑了笑，羅止行主動上前開口。「羅叔回來了，我方才只是想到了那年家中的慘案，一時失神，你不必擔心。」

伸手接過來包著碎片的手帕，羅傑沈默片刻，最終還是繞開了話題。「老奴外出查鋪子的帳，剛才聽下人轉述了些經過，之前還當國公對那陸姑娘有心，原都是老奴想多了。那如今，國公大人可要出去？」

若是真有意於此女子，國公絕不可能讓她被關押進牢房的。

「我知曉羅叔是想我早日成家，有人陪伴，可是孤獨日子過久了，那般親密的關係，我實在是沒力氣應對。」似是對羅傑的失落有些歉疚，羅止行難得將自己真實心境剖白出一絲給他，但隨即又很快形色如常地吩咐。「我去換身衣服，給我安排馬車吧。」

羅止行剛一走，貓在後面的長均才竄出來，站到羅傑身旁摸摸下巴。「可是我覺得，爺對那陸姑娘也確實是不太一樣，今日在牢房中他倆的密談，我耳朵尖，可是都聽到了，爺何嘗那般輕鬆又不客氣地對待過女子啊？」

「當真如此嗎！」眼神一亮，羅傑心底重新竄起火苗，拍拍長均的肩膀，他轉身去安排馬車。「你也別閒晃了，快去跟著國公。」

若說這長安城晚上最熱鬧的地方，當數曲江的沿岸一帶。

酒樓和妓館各自在夜風中舒展旗幟，各種香料揉雜在一起，薰出一片瑤池仙境，偶爾滑落的一盒胭脂，沾惹上路過公子們的衣裙。羅止行的馬車將將停在了街邊，被人群堵了去路。

他只好從馬車上下來，徒步走進人群，撲鼻而來的香味中，唯有他略感不適，忍著打噴嚏的衝動越走越快，略過了每個向他拋手絹的柔美身軀，可終究被一襲茜紅羅裙纏住了腳步。那女子身段妖嬈，眉目之間又見清麗，複雜的兩種氣質在她身上勾連在一起，哪一面都滿是誘惑。「公子，去奴家房中一敘啊。」

「好啊。」誰知羅止行竟也就這麼答應了，放任那女子勾住他的袖角，牽著他走進其中最知名的「金風樓」，一路上了樓。

一路自認為得了手的女子，沒有放棄過靠近他，卻都被羅止行巧妙地躲開親密動作。美目含嗔，女子負氣一般嘟起嘴，快步往前一步堵住他，嬌媚地喊出一句。「公子，你就不愛憐奴家嗎？」

話音剛落，豔紅的嘴唇就朝著羅止行的臉頰襲來，終於忍不下去，羅止行微合雙目，朗聲開口。「你還不出來？」

「國公大駕光臨，小人哪有不迎接之禮？」爽朗的笑聲從樓上傳來，一個身著素白色長袍的男子翻身下來，正好落在了羅止行面前。蘇遇南滿臉戲謔的笑容，揮手讓那女子先退下。

媚眼如絲地在那清俊男子身上繞了好幾圈，還是沒得到回應，嬌媚女子只好放棄，嘟著嘴又去了門口，翻捲起的裙角露出她纖細的腳踝，惹得幾個毛頭小子直看。

「我說國公大人，你這侍衛怎麼還是板著張臉啊？」蘇遇南看向他身後的長均，眼尾一勾便上去想要套近乎。「長均兄弟，我這兒可是好地方，你也高興一點嘛！」

無奈地伸手把他拉回來，羅止行對這個朋友可是深感無力，他永遠吊兒郎當地親近每一個人，在這金風樓裡歡謔恣肆。「別鬧了，我有事要同你說。」

金風樓永遠是消息流傳最快的地方，這兩天有關羅止行的傳言他可是聽說了好幾個版本，捂著嘴竊笑，蘇遇南上前帶路。「走吧，已為你備下一桌好菜了。」

屏息跟上去，長均目不斜視，生怕看到什麼荒唐的場面。待上到了小樓的第三層，整個環境才清幽不少。

在臨窗的一處雅間前停住腳，蘇遇南側身請他們進去。這裡恰好凸出去，就像是建在了半空中，腳下是映著燈光的曲江，嘈雜的人聲被距離隔開，不至於吵鬧，卻又留下一片人世的熱鬧，蘇遇南得意揚眉。「最新改建而成的雅間，請你來賞景，皓月美人皆在眼前，這意境，絕了！」

目光在那飄浮著的帷幔上頓了頓，羅止行挑眉進屋，坐下之後，攏攏衣袖。「是挺絕的，冷風盡數灌了進來，還得格外當心別被這美景迷了眼，暈了頭從這裡掉下去。」

「……」完全沒了興致，蘇遇南頭疼地看向長均。「你家國公完了，此生與風花雪月無緣，你回去讓羅大管家死心吧。」

長均卻是驕傲地一仰頭。「那是我家國公體貼務實，不像有些花裡胡哨的人。」

頓時拉下臉，蘇遇南一把關上門，把長均關在外面。「爺生氣了，不請你這個木頭吃飯了，外面待著吧。」

「切，誰稀罕？」搓搓袖子，巴不得不看那隻花孔雀的長均立在門邊，索性開始閉目養神。

動筷子隨意吃了幾口桌上的菜，羅止行發現蘇遇南一臉詭異笑容地盯著他，細細嚥下了口中的食物，他又找塊手帕擦乾淨嘴角，只等到蘇遇南都快憋不住了，才慢吞吞開口。「對外散佈流言的事情，羅叔肯定是找上你了，你還在這兒裝什麼？」

「話可不能這麼說，就算我知道你身上那些流言都是假的，那也是你主動去傳的啊。老實交代，一向潔身自好的羅止行，幹麼要傳這種豔色流言？是不是看上了那姑娘？」臉上的笑容沒有減少分毫，蘇遇南湊近他幾分。

毫不客氣地一把推開他，羅止行嫌棄地擦手。「若是連你都不知道我要做什麼，那我們這朋友也就白做了。」

「真是無趣。」翻出一個白眼，蘇遇南叉著腿坐得毫無形象，與對面的羅止行形成鮮明對比。「誰稀罕和你做朋友，再說了，我真不知道你要做什麼。」

話雖如此，可他也並非全然不了解羅止行內心的真實念頭。去參加陸家的婚宴，無非也是想打探一二，陸家到底為何會和新科狀元聯姻，畢竟陸琇手上握著軍權，焉能不讓羅止行小心。

倒出一杯溫熱的酒，羅止行仰頭灌下，看著腳下的風景。其實蘇遇南說得不錯，這裡能感受到人群的熱鬧歡快，卻又偏偏自成一片孤寂，樓上樓下兩種風情，實是個好地方。

「今日陸琇來求我的時候，我想到了我爹爹。」

原本已半躺下去的人重新直起背，順著羅止行的目光看下去，蘇遇南也給自己倒了一杯酒。「你接近陸家，為的是他們的軍權？」

「我在那一瞬間想，如果我爹爹和陸琇一樣更顧及家人，當時就將那勞什子軍隊全交出去，我應當也不是現在這樣了。」兩人各說各話，竟也能聊下去，羅止行又為自己倒一杯酒，眼角竄上些緋紅。

最見不得他這個樣子，蘇遇南劈手奪來酒瓶，一向沒個正形的人嚴肅了幾分。「我一直想不通，你這些年來經營結交各方勢力，到底想要做些什麼？」

瞬間斂下睫毛，羅止行轉著手中的空酒杯。「你覺得呢？」

「我不知道。我以前以為你是想要自己奪得那個位置，可我觀你行為，又覺得不太像，我懶得想。羅止行，我為你做事也有兩、三年了，你這次給我透個底可好？」

猛然抬起眼，月光恰在此時落在他臉上，照出一半清風霽月的面龐，另一半隱在暗處，卻多了些陰晦。

「誰要那個位置？我只是要那個位置上的人狠狠摔下來！我要這腐朽朝堂所有尸位素餐之人，全部摔下來！」

雙目瞬間放大，蘇遇南看著他的面容，他依舊噙著一抹淺笑，彷彿說的只是清風明月的少年心事。

「倘若你怕了，也可自此不再幫我。」眼睛微微瞇起，羅止行添上些許逼迫之意，捏著酒杯的指尖用力。

靜默片刻，蘇遇南突然笑開，將奪來的酒瓶傾倒，為他添滿一杯。「這般好玩的事情，有什麼好怕的？我最愛看熱鬧了，也最愛撕毀別人的面皮，你又不是不知道。」

身軀微微放鬆，羅止行重新舒展坐好，他已然清楚了蘇遇南的立場，將酒一飲而盡，羅止行倒扣酒杯笑了。「那好，我現在有件事想請你做。」

立馬把臉皺成一團，蘇遇南在椅子上癱著。「我懷疑你剛才又是裝可憐，又是訴衷腸，都是想騙我為你幹活。說說吧，這次這般費勁的開口，是什麼難事啊？」

「我隱約記得，你栽培的一個姑娘，進宮做了妃子。」

沒有人知道，這般正常的一句話，卻讓混不吝的蘇公子心頭一顫，藉著飲酒掩去一時失神，蘇遇南拿斜眼看他。「你問這做甚？」

撚動指尖，羅止行絲毫不知他的心情。「我想要她出手救陸蒺藜，這丫頭性子倔又脾氣差，要想順利帶她出來，還是有些費勁的。」

詳細說了自己的打算，羅止行一轉頭，卻只看到蘇遇南雙目放空地在喝酒。「我說了半天，你聽到了嗎？」

「唉呀知道了，那個陸蒺藜很難搞嘛。放心，會給你辦妥的。」不耐煩地坐起來，蘇遇南看到他倒扣著的酒杯，突然發了火。「你還喝不喝酒，不喝快走，每次來都沒好事！」

說完似乎還真來了氣，蘇遇南直接推他出門。「快走，爺發酒瘋了！」

「哎，你這人怎麼這樣呢！」門口的長均聽到了動靜，連忙走過來拉住險些被推倒的主子，高聲罵道。

壓根兒沒打算理他，轉頭關上門，蘇遇南重新舉起酒杯。

「算了。」一拉住還不罷休的長均，羅止行掃平衣領上的皺褶，先行下樓。「他一向這般放蕩不羈，也不是第一次把我趕出來了。話都說完了，走吧。」

狠狠瞪了那緊關的門一眼，長均才很快追上羅止行的步子。

離去的步伐倒是沒什麼人攔，走到了自家馬車前，羅止行轉頭看了一眼依舊喧鬧嘈雜的人群，心中突然升起一個奇怪的念頭，若是陸蒺藜知道自己其實在利用她，那個莽撞的丫頭會怎麼做？

來往尋歡的人們笑鬧一片，或沈醉在酒中，或沈迷在美人中，沒一人留意到街道盡頭的馬車又遠遠離去。

翌日，退了朝的程定回到重英殿，如常批閱著奏摺，半刻鐘後，卻因為一份奏摺停了下來，看了兩、三遍，程定才冷冷一笑。

「當初敢駁朕的面子，如今為了個不守婦道的女人，竟然又來求朕了，還真當朕的官沒人做嗎？」

如常站在自己的位置上，李公公沒有被詢問，自然也是不敢回答。

「不過他的才能，倒也是朕現在需要的。」合上奏摺，程定轉動幾下扳指。「李公公，你昨日說止行真的與那女子舉止親密？」

「是。」彎著腰，李公公如實回道。

揉著自己的額頭，程定想起另一個人。「那陸琇呢？」

「回府後就閉門謝客，據說急火攻心，臥床不起，還拒人探視。」語氣依舊不帶起伏，李公低頭回答。

不過一個婦人，竟能牽扯這麼多人，真是可笑。壓下心底的不悅，程定開口吩咐。

「去把那陸蒺藜帶來。」

立馬毫不遲疑地動身，剛邁動步子，李公公又突然被叫住。

「對了，南婕妤的病情還不見好，再遣太醫去看。」想起最近新寵的一個妃子，程定又囑咐道。

轉身應了，李公公飛速出了重英殿，先交代了一個小太監去找太醫，才親自動身朝著關押陸蒺藜的地方走去。

牢房昏暗，辨不清楚具體時間，陸蒺藜面對著牆坐，指尖在牆面上劃動，彷彿是在寫什麼字。

她昨夜整夜未眠，重生歸來，竟是第一次靜下心完整梳理了一遍前世。突然聽到了響動，陸蒺藜縮回手指，扭頭望去，正是前來的李公公。

「陸姑娘，跟咱家走一趟吧，陛下要見妳。」

順從地站起身，陸蒺藜撣去衣服上的灰塵，出來跟在李公公身後。

沒有想到她會這麼配合，李公公不免扭頭看了眼她的表情，卻也什麼都沒說，只管帶路。

沒人看得出，牢房中的那面牆，陸蒺藜用手指寫滿了無形的五個大字——謀定而後動。

「陛下，人帶到了。」重新回到重英殿內，李公公覆完命就又在一旁站好，空盪盪的大殿中，只有地上那一個跪著的嬌小身軀。

「妳叫陸蒺藜是吧？」威嚴的聲音從高臺上傳來，程定俯視著那個膽大妄為的女子，她身形顫抖，像是被昨天的遭遇嚇傻了。

將身子伏得更低，陸蒺藜昨夜想到了一件事，這件事許能解決她面前的困局。「回陛下，臣女是叫陸蒺藜。」

隨意靠在了龍椅上，程定像是絲毫未生氣地開玩笑。「朕昨日那般下令處置妳，妳可有心存不滿？」

「臣女怎敢？雷霆雨露皆是君恩。」這個皇帝，還真是愛極了臣下因為他的陰晴不定而膽戰心驚的樣子，陸蒺藜忍住心底的情緒，刻意讓抖動的幅度更大。「昨日在牢中反思一夜，臣女知道自己行事荒唐，陛下賜我沈江，已然是恩賜。」

喲，倒還真的懂事了不少。自知昨日是衝動之下才下令殺她，可程定還是不打算收回成命，倘若改了口，不就證明他下錯了令，那皇家威嚴又怎麼體現？

將寧思遠的摺子拿出來看了看，程定心生了一個念頭。「陸蒺藜，妳確實該死，但現下朕看妳已有悔過之心，便恩賜讓妳先回家去，臨死前這兩日不必在牢中受苦，陪妳爹爹去吧。」

「多謝陛下！」立馬感恩戴德地長跪，陸蒺藜心中清楚定然是爹爹他們有所動作，只是現在她還不能出宮。

本以為就算是結束了，程定拿起了下一份奏摺，卻見陸蒺藜並不起身，不由添了些怒氣。「怎麼？還覺得不夠？」

「陛下賜恩，臣女豈敢有不受之禮？只是陛下皇恩浩蕩，臣女也想為陛下做些事情，就當是臨死前最後為陛下盡忠。」與這個皇帝言談，陸蒺藜仍有些發怵，閉眼穩住了話語的顫音。

她昨夜靜心回顧了上一世的所有經歷，突然想起來，自己成婚不久，宮裡的南婕妤因久病不癒外出上香，儀仗華麗熱鬧，她還准了青荇帶著侍女們去瞧。

這話倒是澆滅了程定的怒火，饒有興致地看著她。「哦？那妳想為朕做什麼？」

看來有戲！陸蒺藜心下一喜，語氣越發恭順。「陛下不知，臣女曾習得一些算卜之術，昨日徹夜為陛下身邊之人占卜，眾人皆福澤深厚，唯有南婕妤娘娘身染沈痾。」

倏地抬眼看她，李公公壓下臉上的驚恐之色，又重新低下頭，只聽到程定陰冷的聲音。

「妳倒是有本事！那妳為何不幫朕占卜一二？說說南婕妤的病是怎樣的癥狀？」

「陛下乃真龍天子，且不論凡人不配測陛下的命數，有天道護持，陛下也必然是福澤綿延，萬歲長安。至於南婕妤娘娘的病症，卦象顯示……」陸蒺藜額頭上冒出些冷汗，她上一世不知朝堂之事，只對一些女子間閨房之事清楚甚多，可即便這樣，又怎能了解詳盡？

沒了耐心，程定敲擊龍椅扶手。「說！」

咬牙低頭，陸蒺藜順著直覺開口。「南婕妤娘娘是咳疾，且時不時會有些發燒，雖然病情不重，但也纏綿多日……」

表情在瞬間輕鬆一些，程定冷笑一聲重新捏起奏摺。「妳又不是醫者，還能治南婕妤的病不成？」

「臣女雖然不能治，但也可以為南婕妤娘娘紓解一二，倘若能減輕一些娘娘的癥狀，便也算是臣女的福氣了。」知曉自己賭對了，陸蒺藜心頭也是陡然一鬆。

站在暗處的李公再也忍不住，略抬起頭盯著一直跪著的陸蒺藜，眼中滿是探究。南婕妤確實病了些時日，雖說不是重症，但也總歸不好受，皇帝遣了不少太醫診治，可太醫們也只能開些不痛不癢的補藥，一來二去，程定也是煩擾不已，罰了好幾個太醫，後來看病的太醫們也就越不敢開重藥。

南婕妤時好時壞的病，成了程定心中的一件煩心事，若陸蒺藜真能解決，可算是立了大功一件。

感覺足足過了一世之久，陸蒺藜的指尖都發涼了，才聽到程定宛若施捨一般的口吻。

「來人，送她去南婕妤的殿中。」

再從重英殿出來的時候，陸蒺藜足足緩了好久，才重新恢復了知覺。太陽明明是高照的，她的身軀卻涼得感受不到熱氣，直到離開重英殿許久，才呼出一口氣回過神來。「這位公公，我們如今就去找婕妤娘娘嗎？」

「是。」領路的小太監也比李公公活潑許多，聽到陸蒺藜詢問，笑著回頭應道。「娘娘性子溫婉，陸姑娘放心就是。」

四肢百骸此時才漸覺暖意，陸蒺藜忙快步跟上他。她記得清楚，這位南婕妤如今可是深得聖心，她的病疾不成問題，最重要的是明日將發生的一場禍事，倘若她能在那時救下南婕妤，這條小命也許真能保下來。

第四章

凝霜殿中，一名美人正獨自臨窗而坐，淡掃蛾眉，便勾勒出豔麗面龐，眼尾的一顆小痣宛若美人垂淚，又為她添上幾分怯弱而引人憐惜。這便是正值盛寵的南婕妤，她雙目放空，不知在想些什麼。

「娘娘，聖上身邊的小周公公來了，還帶了位姑娘。」

門口突然傳來宮女采菊的聲音，南婕妤猛然回神，將手中的紙條在燭火上燃盡，才輕咳幾聲開口。「咳咳，請他們進來吧。」

得到了應允，采菊方才快步走到殿外。「小周公公、陸姑娘，請吧。陸姑娘，我家婕妤娘娘身子嬌弱，望您莫要衝撞了她。」

知曉宮女為何單獨告誡自己，陸蒺藜笑得極為乖巧。「民女明白，多謝姊姊提醒。」

看來這位陸姑娘並不如傳聞中所說的那般驕縱啊，采菊沒想到她會這般客氣，不由笑著點點頭，而後引他們進殿。

「小周子拜見婕妤娘娘，這位是陸將軍之女陸蒺藜，陛下命她前來陪娘娘幾日，希望能助娘娘痊癒。」帶著陸蒺藜跪好，小周公公含笑介紹道。

忍不住轉動眼珠四下打量，陸蒺藜心中感嘆，南婕妤果然是極為受寵，這殿裡的擺件，可是都抵得上皇后的配置了吧……掃了一圈，她又驚覺不對，那個南婕妤怎麼一直不讓她起來呢？難不成也是個難伺候的主兒？

「娘娘……」采菊也察覺到不對，低聲提醒一句。

不知為何愣神的南婕妤這才反應過來，又是咳嗽幾聲，才開口道：「都起來吧，周公公，沒想到我這小病竟也值得陛下牽掛。」

「陛下一心記掛娘娘，娘娘的咳疾若能痊癒，便是陛下最高興的事了。」隨口奉承道，小周公公臉上堆滿笑。「那娘娘若是沒有別的事，小的就回去覆命了。」

微微點幾下頭，衣袖上傳出香味，南婕妤笑著起身親自相送。「多謝周公公，這位陸姑娘甚合我眼緣，我看著就是歡喜的。」

陸蒺藜這下老實許多，乖巧地站在一邊等安排，也不敢抬頭亂看，只是覺得南婕妤的聲音動聽得很，然而沒想到片刻之後，那美人蓮步輕移，竟在自己面前站定。

「原來妳就是陸蒺藜，我也聽說過妳的事情了，妳那一場婚事，可真是熱鬧。」

基於自己目前做什麼錯什麼的定律，陸蒺藜開口就是直接認錯。「是民女胡作非為，膽大包天，犯下了不容饒恕的大錯，民女已知錯，深知自己……」

「作主自己的婚事，欲嫁得有情郎，算什麼錯事？」

「啊？」沒想到自己的話被截了胡，言語中還頗有贊同的意味，陸蒺藜錯愕地抬頭，刹那間被面前的女子驚到，心中只剩下了一個念頭，她真是活該受寵啊，這般貌美的仙女，即使建座金屋供起來也不為過啊！

看出了她眼中的驚豔，南婕妤掩唇輕笑，轉頭吩咐采菊。「妳去煮藥吧，我同陸姑娘說說話，別讓旁人來擾了。」

「是。」見主子喜歡，采菊自然也對陸蒺藜多了些善意，應下便笑著退了下去。

待到殿門重新一關，陸蒺藜那被美貌衝擊的大腦才清醒過來一些，不對啊，事情怎麼會這般順利，那南婕妤對她的好感也來得莫名其妙，難不成自己真的長得這麼討喜？

尚未琢磨清楚，陸蒺藜又揉揉眼睛，盯著面前匪夷所思的畫面——

只見南婕妤把身上熏了香料的外衣脫下扔在地上，又走到一邊打開緊閉的窗子，清冽的空氣立馬衝進殿內，南婕妤大口呼吸幾下，手中不知從哪裡摸來一隻滷得醬香四溢的豬蹄，邊吃邊朝著她走近。「我正發愁不知道要如何傳訊給妳呢，沒想到妳自己就想辦法來了，挺聰明的嘛。」

親眼目睹了仙女啃豬蹄的樣子，陸蒺藜眨眨眼，不知是該惋惜美人墮落，還是慶幸能見到這種情景。

「妳這是什麼表情？那衣服老是熏得我嗓子癢，若不是為了多裝幾天病，我才不會穿呢。妳看，這豬蹄是我昨天做好的，味道不錯，分妳一個不？」看出了陸蒺藜的怔忪，南婕妤好心解釋。

目光從她沾了醬汁的嘴邊移到那隻豬蹄上，餓了快一天的陸蒺藜狠嚥一口口水。「好！」

翻出床底下的小陶罐，南婕妤大方地挑了塊肉多的遞給她。「快吃，被采菊看到了她又得說我，那丫頭老是要我在沒人的時候也端著架子，真真是累死人。妳快嚐嚐，這豬蹄我可是燉了好久。」

咬下一口酥爛的肉，陸蒺藜才接受這個狀況，一屁股坐下來開始笑。「娘娘啊，我可真沒想到妳是這樣的，這種衝擊無疑是告訴我，仙女也會打嗝放屁啊！」

「妳不也一樣？我正愁著不知要怎麼救妳呢，說實話，想辦法讓陛下心軟饒了妳不難，難的是怎麼和妳攀上關係，沒想到妳就自己來了。快說說，妳是怎麼讓陛下派妳來的？」被陸蓁藜的笑聲影響，南婕妤也活潑了許多。

一骨碌翻身坐起來，陸蓁藜聽得莫名其妙。「娘娘這話是什麼意思，妳本就想要救我嗎？是受了誰的委派嗎？」

「妳看妳，還跟我裝上了。」翻出一個白眼，南婕妤故作不在意地問：「蘇遇南他可還好嗎？」

回應她的，卻只有陸蓁藜更加茫然的表情。

「原來妳沒有見過他啊，我還以為，國公會帶妳去看他。」終於意識到了陸蓁藜不認識蘇遇南，南婕妤勉強笑笑。「那也難怪妳不知道我會幫妳了，國公大人找了蘇遇南想辦法救妳，剛好我欠他一份情，最後這份差事就落到了我頭上。」

原來是羅止行安排的，陸蓁藜點點頭，又啃下一嘴肉，醬汁都流到手上了才驚覺不對，南婕妤提起那個「蘇遇南」的神情可不尋常啊。「娘娘，妳剛剛說妳欠他一份情？」

「是啊，入宮之前我曾被他所救，受他恩惠，後來我們心生情愫，但我負了他，主動進了宮。這樁往事，也就我和他彼此心裡清楚了。進宮之後，皇帝對我也算是不錯，但我終究不喜歡他，前幾日生了個小病，其實早就好了，但就是想多拖一拖，一則少見那皇帝，我自己也多過幾日清閒日子。」

南婕妤語氣自然，彷彿只是在陳述今天天氣如何一樣。一旁的陸蒺藜沈默許久不說話，南婕妤疑惑地轉頭，只看到陸蒺藜已然驚得合不攏嘴。「妳怎麼這副表情？」艱難地嚥下口中的肉，陸蒺藜面容痛苦。「娘娘，其實這種能殺頭的秘聞，我並不想知道。」

「那沒辦法啦，妳已經知道了。若是有朝一日我的心事被別人知道了，妳這個知情人也會被滅口的！」故意露出自己的尖牙，南婕妤威脅地看她一眼。

長嘆一口氣，陸蒺藜舉著自己沾滿醬汁的手。「那我往後只好每日為娘娘誦經祈福，盼望妳在這宮牆之中萬事順遂啊！」

「噗！」兩人相視一眼，突然一起笑開，氣氛一時間融洽至極。

南婕妤也是真心喜歡陸蒺藜的性子，光是聽說她在婚禮上那些勇敢的舉動，就覺得這個女子十分有趣，一朝投緣，便更是歡喜。「妳往後叫我沐風就好，我本來叫沐風的。」

「好啊，沐風。」沒有刻意問她為何改了名字，陸蒺藜站起來擦乾淨手，幫娘娘遞去一杯茶。「解解膩吧，我們也該收拾一下這裡了，等會兒采菊姊姊快回來了。」

喝下一口清茶，南婕妤看著她將自己脫下來的衣服疊好，動作自然又熟練。「沒想到妳還會做這些事情。」

已然找來一塊布擦拭著滴落地板的油漬，背對著南婕妤，陸蒺藜身形一頓，隨意扯出個謊。「爹爹發跡之前，我們家也是過過苦日子的嘛。對了，你們打算要怎麼救我啊？」

「明日有一場盛大的廟會，我會央求陛下准我出宮，到時候他們會製造一場混亂，有人伺機行刺，妳作勢救下我，就成了我的救命恩人。」回憶著紙條上寫的內容，南婕妤撐著下巴。「我現在可是陛下的寵妃，到時候我會向陛下求情，陛下也會對妳生出些許感激之情，再加上妳爹爹他們施壓，足夠陛下放妳一馬了。」

手下的動作越來越慢，聽完後陸蒺藜索性停下來，皺眉沈思。這正是自己的打算，上一世裡就是在同樣的廟會上，南婕妤遭人行刺，被自己的宮女所救，皇帝當時恩准答應那宮女任何一個願望。

她本就想頂替那個宮女的位置，還在打算開口讓南婕妤明日出宮去看廟會，哪知早已有人為了救她而設下此局，沒想到會以這樣的方式讓同樣的事情發生，算不算是殊途同歸？

「妳在想什麼呢？」說完後許久不見陸蒺藜反應，南婕妤一把拍向她後背。「難道是害怕？放心吧，且不說他們有分寸，就算受了點傷，也總比妳沒命好。」

笑著回過頭來，陸蒺藜收拾好亂想的思緒，有什麼念頭飛速閃了過去，她卻沒有抓住。「沐風說得對，我不怕。」

這才又重新笑開，南婕妤心思一動，上前將她手中的布扔了出去。「別收拾了，好不容易有個脾氣相投的人來陪我，我請妳喝酒啊。」

南婕妤安靜溫婉的外表下，藏的是風風火火的性子，說完便跑出去，再回來時，手中多了個滿是塵土的罐子。「快來，這也是我自己埋的好酒，我把采菊哄去睡了，今日妳好好陪我。」

「好啊，那我就與沐風好好喝一杯！」

走上前坐好，看著南婕妤興奮倒酒的動作，陸蒺藜心中突然升出一個念頭。也許她並不是多和自己投緣，而是想藉著自己，抒發藏於心口多年的思念。

思及此，陸蒺藜貿然開口。「沐風，妳為何要進宮？」

掃去罐子上的塵土，沐風神色如常，等掀開塵封的陶罐，絲絲酒香纏上了鼻尖，才嬌喝一句。「喝酒就喝酒，問這些廢話做甚？我來自然是因為我想，我想做妃子啊。」

「可是妳……」

「沒有可是！」美目中摻上些許警告，直到這時陸蒺藜才意識到，南婕好有今日的盛寵，絕非是因為美貌與順從。逼得她不敢再開口，南婕好才放鬆神態撒嬌。「我想與妳好好喝酒的，非要惹惱我。」

倒滿一碗酒，陸蒺藜一飲而盡，歉疚地開口。「是我的錯，沐風別生氣。」

「好酒量！看在妳知趣的分上，就饒妳一次。」笑得依舊燦爛，南婕好拉著她走到窗下，一邊飲酒一邊看著外面的殘月。「妳看，今晚的月亮多漂亮。」

方才的一整碗酒灌得有些猛，陸蒺藜晃晃暈乎的腦袋，睜眼看了半天。「又不是滿月，哪裡漂亮？」

「真是不講理，憑什麼只有滿月是好看的？我偏覺得這輪殘月好看！」哼一聲推開她，南婕好飲口酒靠在窗子上，搖頭晃腦地哼歌。

南婕好拿的想必真是好酒，逐漸有點上頭。陸蒺藜使勁眨眼，還是覺得有些飄忽，撐著無力的雙腿，她只管聽著歌聲傻樂。

纏綿女聲飛上雲端，似是想要勾上那一彎尖尖的月亮，直到不知多久後起了雲，遮住了月亮，那歌聲才逐漸安靜。

頭疼得要炸開，胸口也有些噁心，還有嘴巴裡似乎有種奇怪的味道，陸蒺藜皺緊了眉頭，來回在床上滾了兩圈，猛然坐起身來，環顧四方，還是在南婕妤的殿中，自己昨日不知怎麼睡著了。

推開身上的薄毯，陸蒺藜捶著頭站起來。昨日真是酒上頭了，不然怎麼會覺得南婕妤的歌聲和自己在黃泉中聽到的歌聲挺像的呢？甩去那些荒唐的念頭，陸蒺藜找來一盆水洗一把臉，才覺得清醒不少。

「現在才醒，妳酒量可真不行啊。」門口突然傳來南婕妤的聲音，只見她端著一個玉碗站在門口看自己笑，身上穿的還是隆重的妃子服飾。

擦去臉上的水珠，陸蒺藜上下觀察她一下，心微沈。「妳已經找過陛下了嗎？」

先關上門，南婕妤才走進來遞給她一只玉碗，神色也嚴肅不少。「是，我已經說服了陛下讓我出宮去廟會。出了這扇門，妳我便是身分天差地別的娘娘和臣屬。先喝了這碗醒酒湯，我與妳交代的話妳一定要記牢。

「廟會剛開始沒有問題，混亂是安排在我們快回宮的時候發生，到時候一開始有動靜，妳就到我身邊來，會有一個蒙面人拿刀行刺，妳再想辦法一定護住我，千萬不能臨時害怕退縮，一旦成功，妳的小命就保住了……」

馬車駛過熱鬧的街道，人們的歡聲笑語都在耳邊，陸蒺藜雙目緊閉，又一次在腦海中回憶南婕妤交代的話語，終於，馬車停了下來，陸蒺藜猛然張開眼，輕道：「到了。」

「娘娘，妳看這裡，可真是熱鬧啊！」在最前方，南婕妤也剛從馬車上下來，與采菊談笑著。

她眼尾掃過隊伍最後的陸蒺藜，見她神態自然，才放下心來，再次看一圈周圍的禁軍，南婕妤笑著往前。「可不是，我也許久未出宮了，定要好好逛逛。」

遠遠跟在後頭，陸蒺藜知曉現在時候還早，為了不露怯，刻意逼著自己四下觀看，竟也真的被周遭的環境影響，放鬆些許。就在此時，目光掠過一個圍著許多人的小攤，陸蒺藜突然看到一雙帶笑的熟悉眼睛，還沒辨清楚，就又被人群擠得找不見了。

方才那人像是羅止行。回頭看幾次還是沒找到人，陸蒺藜便也不再管，今日來最重要的事情是演出一場「英雄救美」的好戲。想到這裡，陸蒺藜不由加快些步子跟上，又湊近南婕妤一些。

「長均，切記，無論成不成功，絕對不能讓人看清你的臉。」擁擠人潮的另一側，一個不起眼的小攤販後面，可不就是羅止行？

假裝在一棵大樹後面歇腳，羅止行壓低聲音囑咐著，方才他也看到了陸蒺藜，觀察她的表情，倒覺得在宮裡關兩夜，她似乎變得沈穩了不少。

長均一身侍衛服下穿的是一身黑衣，即將執行重要任務，但他倒是很放鬆。「爺放心，我的功夫也不是吹的，宮中侍衛那幫草包絕對近不了我的身。」

心裡明白這不是大話，羅止行點點頭，又猶豫著開口提醒。「還有就是，下手控制力道，她畢竟是個弱女子，真傷及性命就不好了。」

「爺，這句話你已經說第三遍了。」抱著胳膊，長均心中憋悶，就為了這所謂的控制力道，都下令由他親自動手了，主子還有什麼放不下心的啊！

只是剛說完，長均就察覺到自家國公大人的低氣壓，立馬垂頭聽令。「爺交代幾遍都是應該的，屬下定會銘記於心，屬下這就去安排，定不會搞砸了爺的事。」

直到長均飛身離開，羅止行才收回視線，無奈地搖搖頭，再度看向那被禁軍簇擁著的隊伍，眉頭微微皺起。

逛了足足有小半個時辰，等南婕妤說自己累了想回宮之時，陸蒺藜就豎起了耳朵，當聽到幾聲慌張的叫喊響起，她果斷往前，湊到了南婕妤身邊。「娘娘小心！」

隨著一個賣香料的小攤被推倒，突然有幾個黑衣人飛身竄出，嚇跑了周圍所有的百姓。長均唯恐動作太慢，禁軍已護著南婕妤離開，在同伴們還裝模作樣搶劫的時候，他直攻向南婕妤，提刀一砍，陸蒺藜猛然將南婕妤推開。長均砍中了路邊的攤位，斷了的刀刃頓時朝著南婕妤的方向飛去。

「小心！」

斷刃速度極快，禁軍阻擋不及，只能眼睜睜看著飛旋往前的斷刃狠狠扎進了一名女子身軀，禁軍頓時慌亂地一擁而上，卻在看清傷者的瞬間放下心來。

還好，不是皇帝的寵妃。

片刻之後，緊閉兩日的將軍府打開正門，迎進來一個衣著華麗的妃子、一隊面色戚然的禁軍，還有昏迷不醒、渾身血污的大小姐陸蒺藜。

「快，快將郎中請來！」剛才得到消息的陸琇顧不得什麼禮節，壓根兒沒理睬南婕妤，抱著女兒便衝向女兒的院中。

青荇端著熱水和紗布趕來，身後跟著拿藥箱的郎中，也是一頭撞進了陸蒺藜房中，忙著幫受傷的陸蒺藜處理傷口。

郎中都到了，陸琇也只得退出來，他身上也染了血，正是出自於自己女兒的傷。強忍著擔憂，他此時才想起來家中那位婕妤娘娘，連忙趕至大廳，快步走上前。「拜見娘娘。」

「陸大人快快請起。」連忙親自扶起陸琇，南婕妤那極美的面容此時也滿是哀愁。「陸姑娘是為了救我才遭賊人誤傷，都是我的錯。」

心中明明是萬般的心疼，陸琇卻也只能說些場面話。「能為娘娘擋刀，都是小女的福氣。」

知曉陸琇現在沒有心思閒聊，南婕妤便也不再多說，兩人一同等待郎中診治的結果，可是還沒等郎中從陸蒺藜的院中出來，府裡倒是多了另一位尊貴的不速之客。

「愛妃，妳還好嗎，是不是受驚了？」隨著一院的驚呼和跪拜，程定快步走來，一到就拉住了南婕妤的手，焦急詢問。

似是也有些驚訝，南婕妤愣怔片刻，便滿目淚水地撲入他懷中。「陛下，妾身差一點就再也見不到您了，多虧陸姑娘拚死相護，她現在還昏迷不醒呢，嗚嗚嗚……」

輕拍著女子顫抖的後背，程定細聲安慰，他可還沒見南婕妤這般哭過，心中更是憐惜至極。「沒事了，愛妃不哭了啊。」

抽噎幾聲，南婕妤這才從他懷中退出來，眼中的淚水還是將落未落的樣子，宛若泣露的芙蓉花般動人。「陸姑娘幫妾身寬解心事、治好病，又幫妾身擋了刀子，可是陛下，您仍堅持要賜死她是不是？」

「愛妃，朕下令殺她，乃是她咎由自取，她此前實在是太過分了！」聽出了南婕妤的求情之意，程定似乎還沒有完全心軟。

騰地一下跪在地，南婕妤越發嚶嚶哭泣起來。「妾身平日最重恩情，卻也不願逼迫陛下，讓您為難。既然如此，陸姑娘若有不測，妾身為報恩也只能跟隨陸姑娘而去，只望黃泉路上能報答一二。」

「妳這是什麼話，快起來！」程定急了，趕忙扶她站起來，心中已有些鬆動。

一直跪著的陸琇，此時也悲痛地開口道：「求陛下饒老臣女兒一命！她如今已經命懸一線，為救娘娘，本不敢據功請恩，但老臣唯此一女，懇求陛下饒命！」

「哎……罷了。」權衡再三，程定最終還是鬆口。「陸蒺藜蔑視皇命在前是罪，如今拚死保護愛妃是功。你陸琇為朝堂征戰多年，如今朕念及你的面子，便算是功過相抵吧，要她往後牢記教訓，絕不准再犯！」

「多謝陛下！」高呼一聲，陸琇心中的大石頭終於完全落了下來，喜上心頭，他重重拜謝。

擁著南婕妤，程定輕輕點去她眼角的淚水。「好啦，朕都隨妳的意了，莫要再落淚惹朕心疼，先回宮去，讓御醫再幫妳開一服藥，愛妃今日也受苦了。」

不敢在此時拿喬，南婕妤也生怕他再出爾反爾，順從地靠著程定。

「恭送陛下，恭送娘娘。」陸府的人連忙跪倒一片，山呼著送他們離開。

正要離開的腳步突然停住，程定沒有回頭，用著玩笑話表達自己的警告。「朕饒了陸蒺藜，那陸將軍的病也要快些好起來，大晉朝需才孔亟，陸將軍可別再病了。」

說完後，感到後面的人越發跪低身子，嚇得不敢說話，程定這才滿意，帶著南婕妤揚長而去。

帝王的威嚴足足在這府中停留許久，才散去稍許，下人們一同扶了陸琇起來。「將軍。」

漫長地呼出一口氣，陸琇聽了片刻自己的心跳聲，才恍若回魂地笑起來。「沒事了，小藜沒事了。」

與此同時，國公府內，羅止行正在書房對著一盤棋局坐著，精神卻總是不集中，半晌才落下一子。

「爺，陸將軍傳來消息了！」

一聲笑喊，喚回羅止行的神智，他連忙站起身，卻沒發覺腳麻了，趔趄著帶倒了棋盤，棋子散落一地，外面的天色不知何時已然全黑了，他卻連蠟燭都忘了點。

長均剛回來就看到這樣的情景，忙點上蠟燭，才笑著扶他坐好。「陛下饒恕了陸姑娘，郎中已診治過陸姑娘的傷，說傷口休養半月就好，並不妨事。」

臉上不自覺多了絲笑意，羅止行俯身撿起散落的棋子。「如此就好。」

「屬下辦事，爺何時這般不放心了？還要親自去看，倒是讓我好生緊張。」強忍著笑意，長均板著臉抱怨。「您還說自己不喜歡那陸姑娘呢。」

聽到他這樣說，羅止行立馬將手中的棋子朝他扔來，劈頭蓋臉落在長均身上。「我是因為在意陸琇的軍權！陸琇的軍權不能因為這種事情受到影響，況且因此他便欠我們一個人情，對我們也有諸多利處。倒是你，我反覆交代你行動要小心，今日貿然斷刀，若真出了人命，你如何交代？」

切，還說為了軍權。撇著嘴，長均毫不在意地攤手。「那還不是因為您說不能直接下手，再說了，我甩出去的刀，我控制得住。」

「那倒是我沒見識了，不曉得我屬下這麼有本事啊。」咬牙笑笑，羅止行非常認可地點頭。「既然你這麼厲害，以後就在府中天天練飛刀，每天一百次，有一次射偏，我便扣你一個月工錢。」

讓你嘴賤！甩自己一巴掌，長均嘻笑著擺手。「爺真會開玩笑，哈哈。」

不耐煩地瞪他一眼，羅止行本還想說什麼，卻見另一人來了，急忙關切地問：「羅叔，後續可處理好了？」

「國公放心，都安排好了，官府的人會將這次的動亂以流氓鬧事結案，兩群混混約架不長眼，誤傷了婕妤娘娘。」羅傑也是匆忙趕回來，身上還帶著寒氣。

聽他這麼說，長均倒是想不通了。「這一聽就不靠譜啊，哪個混混會在禁軍守衛之處打架，還故意遮著臉？」

知道他不懂這些，羅傑好心解釋。「官府的人急著結案，有現成的證據就夠了，不合理的地方，那些急於覆命的官員自會想辦法圓，畢竟有人行刺娘娘還險些得手，這背後罪責可不輕。」

「正是此理，只是那些禁軍們怕是免不了責難了。」羅止行神色淡淡，又擺弄起面前的棋子，以為他是隨手下的一盤棋，沒想到他每一步都牢記於心，很快棋盤又被原樣擺了回來。

這下長均倒是先跳了起來。「那之後可還要照原計劃，讓羅叔主動去接近那些被責罰的禁軍，博得他們的感激？」

羅傑也沈穩地等著羅止行的答案。

凝視著棋盤，羅止行緩緩落下一子，甩袖起身。「不，先把這個消息告訴寧思遠，讓他去看著辦吧。」

春天是一瞬間來的，陸蔟藜不過覺得自己在床上長長睡了一覺，天氣就暖和了不少，此時只穿著一件小衣站在房中，竟也不覺得冷。

「小姐，妳怎麼下床了？還不穿好衣服？傷才養好，仔細又著了涼。」端著湯藥進來，青荇見狀就忍不住嘮叨。

「草長鶯飛的二月天，怎麼會冷？」陸蔟藜卻壓根兒不在意，對著面前的鏡子，仔細觀察著自己身上的傷，眉頭越皺越緊。

只當她是擔心留疤，青荇暗自嘆口氣，走過來勸慰道：「這個傷口旁人看不見的，不會影響小姐的美貌，咱們傷好了再找找祛痕的藥膏，定會沒事的。」

「不對勁啊。」眉頭緊鎖，陸蓁蓁壓根兒沒有聽清青荇的話，沈浸在自己的思緒裡。

前世裡，她也有過一模一樣的傷痕，而且發生的時間也是在南婕妤出宮逛廟會的時候。

她作為寧思遠的新婚妻子，想親手給他做頓飯，於是自己挑了一條魚，全程不願假手於人，正在處理魚時，沒想到瀕死的魚拚命一躍，順道帶著她腳下一滑，手中的尖刀便刺進了身體。

來回端詳許久，陸蓁蓁越發肯定，這個傷口和前世留在身上的一模一樣。「為何會這樣，這到底是巧合，還是……」

「小姐，小姐！」被她臉色蒼白的樣子嚇到，青荇忙大聲叫道，伸手過去才發現，陸蓁蓁的手冰涼得嚇人。「小姐，妳怎麼了？」

猛地回過神來，陸蓁蓁強穩住心底的不安，努力笑著揉揉丫鬟的臉。「我沒事，為我更衣吧。」

「小姐是不是心裡有事？怎麼神情看起來有些沈重？」無奈地搖搖頭，青荇先把藥湯遞給她，才嘟囔著去取來了衣服。

仰頭喝光藥，陸蒺藜被苦得直吐舌頭，又拿了一杯水來喝，才感覺好些。「青荇，爹爹他還是只有晚上我睡著時才來看我？」

「是啊，小姐這次是真讓將軍生氣了，待妳傷好些，還是多求求將軍吧。」青荇無奈地兩手一攤，幫陸蒺藜穿好衣服後，才說道：「對了，有個客人來見小姐。」

「客人？」沒有細問來者是誰，眼前自然浮現出一副溫和的面容。陸蒺藜神色一喜，放下碗就起身要出去，剛走到門邊，又轉回來在滿是病容的臉上塗些胭脂，才又笑著飛奔出去。

身後的青荇看得目瞪口呆，忍不住嘀咕，去見寧公子還這般開心，看來小姐還是沒有放下他呀。

一出門，陸蒺藜才發現草地與柳梢都染了些朦朧的綠色，長廊盡頭，背對著她站著一名長身玉立的男子。

抿著唇輕笑，陸蒺藜順順被吹亂的頭髮，緩步上前。「你來看我了啊，我那日……怎麼是你？」

聽到聲音轉身的寧思遠，沒有錯過她眼中的一絲失落，立時察覺她認錯人了，剛才以為自己是羅止行，才覺得高興的。這樣的認知，無疑讓寧思遠帶上些薄怒。「是我啊，不久前還濃情密意想嫁給我的人，如今就不願見我了，陸姑娘可真有趣。」

「你以為我想走到這一步嗎？」陸蓁藜無奈地嘆了一口氣，承受著他口吻中的鄙夷，卻也無法辯解。畢竟現在的他不知道自己曾如何對待她，她的憤恨也成了莫名之舉，陸蓁藜笑笑，眼底是無限淒涼。

「妳都如願以償地和我退婚了，到現在擺出這副被辜負的樣子做什麼？」寧思遠看得越發生氣，壓迫地上前一步。「陸蓁藜，直到現在妳都沒有給我一個解釋，我從未對不起妳，妳為何要這樣對我？」

他本是來探視她的傷勢的，現下看她對他視同陌生人的態度，不禁又氣從中來。

從來沒有對不起過嗎？陸蓁藜嗤笑一聲，臉上的笑容越來越大，不肯退讓地直對上他的眼睛。「寧思遠，你以為你那些見不得人的念頭還沒有付諸實踐，你就是全然無辜的嗎？你敢摸著良心說，你無意拿陸家去做你手中的那把刀？」

猛然退後半步，看著她微紅的眼眶，寧思遠心中大駭。「妳在說什麼？妳都知道些什麼？」

「我什麼都不知道，也什麼都不想知道！可是寧思遠，我不能再讓陸家跟你聯繫在一起了，即便是我死，我也不會。」拚命咬住牙關，陸蓁藜神色也閃過狠意。「你休想有再利用我家的念頭。」

緊盯著陸蒺藜的雙眼，寧思遠逐漸冷靜下來，站穩了身子。「是嗎？可是陸蒺藜，妳知道為了救妳出來，我做了什麼嗎？」

猛地瞪大眼，陸蒺藜突然發現，即便是現在，寧思遠出入她家似乎都是很隨意的事情，就連剛才青荇說起來，語氣也沒有任何牴觸。

「我答應了陛下的封官，只求妳能平安。包括妳爹爹在內的所有人都不知為何我頂著綠帽還要救妳，陸將軍可對我歉疚得很，妳想斬斷的聯繫，早已續得牢固。」寧思遠手心的藥瓶硌得他手疼，在來之前他也是真的想要看看她的傷，怎麼就話趕話成了現在的場面？

錯愕地看著他，陸蒺藜說不出話來，對於他做文官的消息，無疑在她的心中掀起波瀾。

「我不是來和妳吵架的，妳我沒有夫妻緣分，我也認了。」沈默片刻，最終還是寧思遠先開口，將手中的藥瓶放在一旁。「這是我找來的藥，據說祛痕很有效，用不用隨妳。」

說完這些，寧思遠默立片刻，最終還是頭也不回地轉身離去。

早就被爭吵聲吸引來的青荇，此時才敢上前，扶住搖搖欲墜的陸蒺藜。「小姐，青荇不該告訴妳寧公子來的，都是我不好。」

「這哪能怪妳？」拍著她的手搖搖頭，陸蒺藜撐著身子在一旁坐下來喘氣。看著那藥膏，突然想起羅止行在牢房中給她上藥的情景。「青荇，我受傷這段時間，國公府的人來過嗎？」

糾結地咬著唇，在陸蒺藜期待的眼神中，青荇搖搖頭。「那荊國公就像是突然之間又沈寂下去了一樣，再也沒聽到消息了。」

「這樣嗎……」陸蒺藜自嘲地笑笑，若說她之前還有些覺得羅止行是喜歡著自己的，現在已經完全沒了這樣的念頭。能憑一己之力讓南婕妤替他做事，這樣的人物，怎麼會輕易喜歡上誰？上一世吃過這樣的苦了，這一輩子還是安心過小日子的好。

可是都這樣說服了自己，陸蒺藜還是按捺不下去心底的失落，苦笑著站起來，她手指向一旁的藥瓶。「青荇，收好吧。既然人家都送了，咱們就用唄。我睏了，要再去睡一會兒。」

囑咐完就不再多管，徑直回了屋的陸蒺藜，卻在銅鏡前停住。

此刻房裡除了她再沒有別人，陸蒺藜伸出手觸摸著鏡子裡的人，相同的傷口、南婕好相同的經歷，到底是巧合，還是說所有的走向都沒有變？這是現在她最該搞清楚的一件事。

「有什麼辦法能印證我的猜想呢？若是上一世偶然發生的事情再次出現了，是不是就能證明問題？」輕聲低喃一句，陸蒺藜眼中劃過思索，她想起了一件事。

第五章

快步走到院子裡，陸蒺藜大聲呼喊。「青荇！」

幸虧青荇也沒走多遠，聽到了陸蒺藜的叫聲，連忙跑了回來。「小姐，出什麼事情了？」

「快到三月分了，丞相府的林小姐應該要準備花朝會了吧？」

小姐不是很久不和丞相府的小姐來往了嗎？青荇有些奇怪。「是，因為將軍的身分，請帖也送到了咱們府中，不過將軍把請帖收了起來，說小姐要養傷，我想著小姐也和她們不親近了，便也沒和小姐說。」

輕跺兩下腳，陸蒺藜當即便想去陸琇院裡求來請帖，走沒兩步，又停在了青荇的面前，神情嚴肅。「青荇，往後前院裡發生任何事，妳都要來和我講，記住了嗎？」

「是，青荇記住了。」從未見過陸蒺藜這般對自己說話，青荇也不敢隨意對待，認真地點了頭。

這才對她笑笑，陸蒺藜提裙便走，沒多遠就到了陸琇院子門口，卻不急著進去，她倚在門邊招手讓一個小丫鬟過來。「將軍在裡面做什麼呢？」

「回小姐，將軍在裡面看書。」

「看書？」

自家爹爹何時有了這樣的好習慣？陸蒺藜揮手讓她離開，自己躡手躡腳進了院子，剛湊到陸琇的房間前，竟真的見他手捧著一本書在讀，還不時拿筆勾點。心思微動，陸蒺藜去了茶點房，再來時手中多了一個托盤。

這看書真是最累的活，遠不如他去打一套拳，沒翻過幾頁，陸琇就覺得自己口乾舌燥，恰好此時進來一個小丫鬟，在他手邊放下杯茶和一碟糕點。

陸琇沒有抬頭，拿起茶杯喝了一口，竟然是甜的？瞬間皺起眉。「是新來的嗎，怎麼泡的茶？」

「爹爹原來不愛喝甜茶嗎？」

脆生生的女聲傳來，陸琇這才抬起頭，看到女兒的瞬間起身扶她坐下。「妳到這兒來做什麼？還嫌身上的傷不夠重是不是？」

陸蒺藜嘻皮笑臉地，還不老實地湊過去看他在看什麼書。「爹爹在看什麼，兵書嗎？」

「沒什麼。」

沒等陸蒺藜看清楚，陸琇便沈著臉將書本拿走，只讓她來得及看到一個「醫」字，卻也足夠陸蒺藜猜出是什麼書。忍著心底的酸澀，陸蒺藜上前拉住爹爹的袖子。「女兒病了這麼久，爹爹都不來看我。」

明明每天晚上都去了，陸琇卻還是狠心抽回自己的袖子，臉色難看。「去看妳做什麼？妳反正也一心想死了，老夫還要拉妳不成？」

「我才不想死呢，我只想陪在爹爹身邊，每日陪著爹爹一起吃喝玩樂。」陸蒺藜討好地笑。「女兒不會再胡鬧了，以後絕對老老實實的。」

哼，就她說的那些鬼話，老夫才不會相信！陸琇昂著頭，索性不再搭理她。

眼看著自己撒嬌沒人理，陸蒺藜嘟嘟嘴，直接捂著傷口。「唉呀，痛，好痛！」

「哪裡疼？是不是傷口，早就讓妳不要亂動了，得靜養！」立馬繃不下去，陸琇緊張地過來。「我去叫郎中來，不怕啊！」

一把拽住陸琇的手，陸蒺藜這才笑嘻嘻地晃他。「傷口一點都不痛，是爹爹不理我，才讓我心疼難過的。」

「少嘻皮笑臉！」登時推開她，陸琇手下卻沒用多少力氣。「妳這次實在是膽大妄為，要是不讓妳長長記性，妳下次要把老夫的項上人頭也一起摘了。」

自知理虧，陸蒺藜低著頭，任由爹責罵出氣。

可看到了她這副蔫兮兮的樣子，陸琇又沒了脾氣，半晌之後才輕撫著她的頭。「小藜，為父自知虧欠於妳，當年妳與妳母親一起生活在長安城，我卻遠在邊境，不只沒能陪著妳長大，更是連累得妳母親也鬱結而亡，這都是為父的錯。」

陸琇這些話都是出自肺腑，中年男子的聲音不知何時也有了疲憊蒼老之感，陸蒺藜一直低垂著頭，在他一下一下的摸頭時，突然紅了眼眶。

「所以小藜，當爹爹終於能在京城中陪著妳的時候，我容忍著妳去做任何事，只要妳高興，我便什麼都由著妳，想來妳今日會如此任性，也是我的錯。」撫摸著女兒柔順的頭髮，陸琇亦是頗為感嘆。

用力搖著頭，陸蒺藜拉下爹爹滿是繭子的手。「爹爹最好了，都是我不懂事，我以後絕對不會闖禍了。」

「爹爹怕的從來不是妳闖禍，而是妳因為闖禍害了自己，就和這次一樣！」加重了語氣，陸琇回想起聽到的風聲，不由更為急切。「往後妳還有很長一段時間，是爹爹沒辦法陪妳一起走的，爹爹只希望妳能收斂鋒芒，保護自己，一直平平安安的。」

陸蒺藜雙眼含淚，幾乎說不出話來，所有荒唐的過往行為浮現在自己腦海中，她更覺後悔。

「我知道，我家小藜是最聰明的，一定能明白爹爹的心，對嗎？」笑著擦去她臉上的淚水，陸琇無奈地笑，她永遠是個愛哭鼻子的小姑娘。

立馬連連點頭，陸蒺藜泣不成聲地看他。「嗯，爹爹放心，女兒以後會乖乖的。」越發被她狼狽的樣子逗笑，陸琇發現自己怎麼也擦不乾淨她淚水的時候，嘆口氣走到桌邊，再轉回來時，手中已多了一份請帖。「知道妳是憋不住了，想來要它的，拿去吧。」

一把擦去眼淚，陸蒺藜還是抽噎的，手卻立馬伸了過去。「爹爹，你要讓我去嗎？」

「不然呢？給妳撕著玩？」好笑地彈一下她的腦門，陸琇索性推著她回去。「心願達成，快回去吧，省得在我面前礙眼，看著討嫌。」

陸蒺藜反倒不急著走了，扒著門框鄭重其事地保證。「女兒只是去賞宴，絕對不會闖禍的！」

「這我可不信，妳呀，生來就是討債闖禍的。」同她開著玩笑，陸琇直接推她出了院門，催她回去休息。

陸蒺藜終於笑著擺手，邊走邊喊：「明日我還要來同爹爹吃飯喔！」

真是個煩人的孽障，陸琇搖頭回到房中，繼續拿起那本醫書，時不時停下來，小飲一口陸蒺藜帶來的甜茶和茶點。

父女倆解開心結，往後幾天，爹爹不用再壓抑自己的慈愛之心，時時去探視女兒，女兒也乖巧了不少，鬧騰了好幾日的將軍府，終於安穩祥和了半個月。

天氣越發暖和，三月的時候，樹梢上的花苞都攢足了力氣要開。太陽高懸在空中，照得人無比舒服。街道上人們的衣服也變得輕薄了不少，好些活潑的小姑娘迫不及待地換上了新做的衣裙，俏生生地為長安城增添顏色。

金風樓三樓的雅間裡，羅止行就這麼靠窗半躺著，瞇眼曬太陽，倒也是難得的放鬆。

「你不是瞧不上我這裡嗎，怎麼又賴著不走了？」蘇遇南拎著一瓶酒進來，就看羅止行在他上次來的地方躺坐著。金風樓的生意多半都是在晚上，這大中午的，樓內的人反而沒有街上賣餛飩的小攤人多。

撐起身看他一眼，羅止行重新躺好。「還是這樣什麼都不用想的日子好啊。」

「你又不是不能過，只要放得下，踏實地做個富家翁過一輩子，便天天都是閒散日子。」歪在他對面，蘇遇南仰頭嚥下一口酒，銀瓶在太陽下分外閃亮。

無聲笑笑，羅止行聞著清冽的酒香，嫌棄地瞪他一眼。「整日把自己泡在酒中，當心有一天就這麼喝死了，你這滿樓的姑娘可託付給誰去？」

蘇遇南登時就樂了，低頭笑了半天，才將酒瓶一擱。「你我二人半斤八兩，都困於自苦的事情裡，還是別互相勸阻了，反正誰都不會聽。」

這句話倒是不錯，羅止行翻身坐起來，但笑不語，只是看著街上來往的人群。

「對了，那位寧大人，最近可是炙手可熱，得到了無數官員的稱讚，就連陸家也沒斷了來往。」一面說，蘇遇南還不忘記觀察他的表情。「你不是說接近陸家是為了陸琇的軍權嗎，怎麼也不見你去套近乎啊？」

懶散地垂著眼，羅止行的手指在桌面上輕劃，慢吞吞地開口。「且不論陸姑娘此前在傷中，陸將軍壓根兒沒有待客的心思。你當天天在他面前出現，提醒自己對他有恩就是好的？重情重義之人自會掛在心上，越是急切的去強調自己的恩情，越會引起對方的厭煩。」

「怪不得你不去，那寧思遠也只有些禮物往來。」蘇遇南晃著已經半空的酒瓶。「和人打交道可真麻煩，不過我突然很好奇，你們兩個人精要是打起來，會是誰佔便宜啊？」

「我們倆要真是人精，就不會輕易打起來。」撐著桌子站起身，羅止行看著時辰也不早了，準備回府去。

蘇遇南卻攔住了他的步子，眉梢帶著調笑。「明日丞相府的林小姐會辦花朝宴，請的都是京城官家公子和千金，以及當朝的青年才俊，國公不去嗎？」

羅止行頭也沒回，顯然沒興趣。「你明知道，那不過是丞相弄出來拉攏人心的局，朝中所有排得上名號的官宦人家都送了帖子，名義上是丞相千金主辦，可去的還不都是看中丞相權勢攀權附貴之人？我才懶得去湊這熱鬧。」

「那真是可惜了，我還以為你會想見到陸姑娘呢。」

蘇遇南掐準了他的步子開口，說完這句話，羅止行正好走到了門口，頓時停住腳步，輕擰著眉頭，不好好在家中養傷，跑去丞相府中參加什麼宴會啊。

聽到門口停頓的腳步重新走遠了，蘇遇南才笑著走到欄杆處，等羅止行經過樓下時高喊：「我給你送了份禮，你回府記得收，莫要太感謝我喔！」

遠遠衝著他揚幾下拳頭，羅止行沒有再留，徑直回了府。

回到國公府，羅止行剛到了書房裡，便被面前的一個鳥籠給驚得叫人。「羅叔，長均！我書房裡這是怎麼回事？」

聽到他叫喊的瞬間，羅傑就喜氣洋洋地跑來了。「主子，明日的宴會，你也去參加吧。」

「什麼宴會不宴會的？我書房裡為何多了一隻鳥？」羅止行眼尾抖動，顯然是還沒有緩過勁來。

壞了，忘記國公最怕尖嘴鳥了！羅傑一拍巴掌，連忙上前將鳥籠提起。「國公，這可不是尋常的鳥，你看這五彩羽毛，這是蘇公子方才遣人送來的，據說是從南方尋來的靈鳥，可是不一般的。」

羅止行壓根兒不正眼去看。「蘇遇南這個傢伙，送這隻鳥來做什麼？」

「唉呀，主子你有所不知！」羅傑飛速把鳥在遠處掛好，才重新過來，神色是未有過的激動。「金國郡主來長安了，明日也要去參加丞相府的宴會，她不是最喜歡這種靈巧的鳥兒嗎？您正好可以把這隻鳥送給她。」

乍然抬起眉毛，羅止行面容有些錯愕。「金國的使團已經入京了？」

「是，早上剛到，現在應該是在宮中。郡主自小在京城長大，便也跟著一起來了。」

誰知聽到他這麼說，羅止行卻是冷笑一聲。「什麼自幼在京城長大，不過是她那爹娘避難時把她留在這裡，後來回金登基又把她帶回去了。」

沒料到自家國公是這樣的反應，羅傑意識到自己可能好心辦了壞事，不由得小心地追問。「那這鳥……」

「要送就送去吧，反正離我遠點就好，雖說是多年前相識的舊人，不過不用特意，他們收便收，不收便放了吧。」羅止行沈聲吩咐完，又想起另一件事。「蘇遇南就只送了這些？」

國公他原來不在乎那個金國小郡主了嗎？那他現在是想要什麼？羅傑皺緊眉頭想了半天，突然眼神一亮。「是，蘇公子還送了套衣服和藥膏，我讓長均去找丫鬟熨了。」

「爺，您的衣服好了。」話音剛落，長均就捧著一個托盤前來，上面端端正正地擺著一件玄色暗紋的長袍，另一旁還有個琉璃瓶藥膏。

羅止行伸手過去，直接略過了衣服，將藥拿在手中，心中已經大致有了猜想，但還是開口問道：「這是什麼藥啊？」

觀察著羅止行的表情，羅傑自覺領悟了國公的心思。「來送東西的小廝說，這是金風樓的姑娘們自己配的藥，平時有個傷痕什麼的，塗幾天就淡了，還加了些女兒家愛用的香草，味道也好聞。」

聞言，羅止行眉毛輕挑，竟還真的打開輕嗅兩下，合上瓶蓋的瞬間，他就對上了老管家戲謔的眼神，不由得輕咳兩下。「我又沒說是送給陸姑娘的，再說了，是因我們之故她才受傷的，我送個藥也沒什麼吧？」

「老奴也沒覺得一定是送給陸姑娘的啊，再說了，人家受傷，咱們送個藥也是理所應當。」

相似的話語，說得羅止行臉色微臊，抬袖將藥瓶收起來，故意板起臉。「還不快去把那煩人的鳥給送走？吵得人頭疼。」

知道羅止行是有些不好意思，羅傑不敢笑得大聲，只對著還在狀況外的長均囑咐。「明日這衣服，你可一定要讓國公換上，蘇公子可是咱們的福星，他送來的都是好東西。」他相信蘇公子一定有所安排。

「這不就是件普通衣服嗎？」長均眼睛都快看成了鬥雞眼，也沒發現哪裡有什麼神奇的。

知道跟這個木頭說不通，羅傑喜孜孜地提起掛在一邊的鳥籠，推了他離開，路上還不忘逗弄牠幾下。「還不忘兩頭下功夫，真好，蘇公子真是個妙人啊妙人，到時候我們國公府的小世子出生，可定要請他好好吃上一頓……」

「小姐，妳都已經試了第五件衣裙了，還沒有滿意的嗎？」

傍晚的將軍府內，青荇在燈下撐著下巴，已然是睏倦到了極點，可是陸蒺藜還在興沖沖地試衣服，她也就只能陪著熬。

脫下自己身上的鵝黃色長裙，陸蒺藜也換累了，趴在青荇旁邊。「妳說，我怎麼就沒有一件能穿的衣服呢？」

「小姐，妳這一櫃子，還沒有能穿的衣服？」被折磨足足一下午，青荇聽到她這麼說，當時就急了，衝上來指著櫃子裡的衣服。「這件不是不錯嗎？竹青色的，小姐穿上明明就很可愛活潑。」

懶懶掀起眼皮看一眼，陸蒺藜搖頭。「款式太舊了。」

「那就這件，最新做的，裙襬這裡的樣子新奇得很，其他小姐們看了一定喜歡。」

「顏色太深了，不符合我的身分。」

「……」又在櫃子裡扒拉半天之後，青荇趴回原處，真情實感地長嘆。「這滿滿一櫃子，怎麼就挑不出一件合適的呢？」

憂傷地點點頭，還是陸蒺藜先打起精神，拿起最開始的那件裙子。「算了，就這件吧，反正穿的是妳家小姐，咱們臉是最漂亮的，沒事！」

立馬跟著攥起拳頭，青荇也附和道：「那當然，明天我也給小姐換一種髮髻，一定好看！」

兩個互相安慰的姑娘相視著重重點一下頭，然後……繼續趴回了桌子上，陸蒺藜搗搗青荇的胳膊，悶聲開口。「等明日回來，我們就再去做衣服，給爹爹和妳也做幾身。」

青荇還沒有開口，就聽到門外傳來小廝的聲音。

「小姐、青荇姊姊，有人給小姐送來一件衣服。」

這是她人品爆發，口渴就遇到送水的了？看一眼青荇，同樣是滿眼的意外，陸蒺藜起身，親自打開門。「是何人送來的，可有留下什麼話？」

那小廝臉圓圓的，笑起來很是可愛。「回小姐，送衣服來的是一個頗為貌美的小娘子。她說是受蘇公子所託，小姐明日參加宴會，穿上這件衣服，定能驚豔四座。」

蘇公子，自己何時認識什麼蘇公子？陸蒺藜困惑地看著衣服，這料子倒是不錯，顏色看起來也合適，只是不知穿上是什麼樣子。「就是這些，沒有留下別的？」

「那小娘子送下衣服就走了，啊對了，她說，若是小姐不認識那蘇公子的話，就當是南婕妤送的吧。」

南婕妤！瞬間勾起陸蒺藜的記憶，那日與她喝酒時，南婕妤曾提起一個名字，隱約就是叫蘇遇南……等等，不就是羅止行的舊識嗎？

自己都沒有察覺到，陸蒺藜就先彎起了眼睛，將衣服交給青荇。「辛苦你了，去領賞吧。」

「小姐，這衣服不知是什麼人送來的，還是別穿吧。」小廝剛走，青荇瞪著手中的衣服，顯然無法接受。

「不，明日就穿這一身。」陸蒺藜卻是抿唇一笑，拉著青荇回去坐好。「衣服就這麼定了，等會兒妳幫我再熨燙一下，現在有些話，我得先告訴妳。」

小姐做了決定，青荇也不再質疑，將衣服小心放在一邊，就乖巧地坐好。「小姐妳說。」

笑著捏捏她的臉，陸蒺藜轉身從床底下翻出一個小木箱子，放在桌上打開。

看到木箱中的東西，青荇驚喜地拍手。「小姐，這不是咱們小時候用來作弄別人的東西嗎？這個彈弓最有用了，當時聽到院子裡的客人在說夫人的壞話，我們躲在樹上打了他好幾下，還有這隻假蟲子，往那討厭的高小姐身上扔，可是嚇得她哭了好久。」

「誰讓她當初嘲笑我有爹生沒爹管的。」陸蒺藜也被勾起往日回憶，臉上帶出些年幼時的調皮樣。

興奮地回憶了半天，青荇卻突然奇怪地抬頭。「可是小姐，妳又把這些找出來做什麼？」

陸蒺藜神秘莫測地笑笑，在箱子深處捏出一個小瓶子。「青荇，妳還記得這個嗎？」

盯著回憶半天，青荇一拍巴掌。「這是瀉藥！」

「嘿嘿，沒錯，這是我新配的。」將剩下的東西在箱子裡收好，陸蒺藜搖幾下這個小瓶。「明日我會想辦法讓林儷喝下這個藥，讓她忙得顧不及宴會，而妳到時候就去守著林府後院的那片小湖，絕對不能讓林儷靠近，我要看看有沒有什麼事發生。」

這林儷就是丞相的女兒，青荇一聽立馬瞪圓了杏眼，站起來，一臉的不贊同。「小姐，妳不是說好了去赴宴不惹事的嗎，怎麼又要捉弄人？」

「我這不是捉弄人，這是正事，妳放心，我會很小心，絕對不會讓人發現是我幹的。」捏緊青荇的手，陸蒺藜神情很認真。「青荇，妳記得，絕對不能讓林儷靠近那小湖，這件事很重要，妳一定不能搞砸。」

依舊苦著一張臉，青荇想收回自己的手，卻發現陸蒺藜攥得極牢。「小姐，我不懂妳。」

「妳不懂，我也沒有辦法給妳解釋清楚，但我真的不是為了好玩，妳聽話就對了。」雙眼在不知不覺中帶出些許凌厲之氣，陸蒺藜緊盯著她的眼睛。「青荇，我如今能依靠的人除了爹爹，就只有妳了。」

不知為何，陸蒺藜說完這最後一句話，青荇只覺得心微痛，彷彿真的看到了小姐一人在黑暗中獨行的痛苦。

在陸蒺藜的目光中，最後她也只能點頭。「是，青荇記住了。」

「那就好，妳去幫我，我也就放心了，明日就算是打暈林儷，妳也不能讓她靠近湖邊。」陸蒺藜這才稍微放下心來，鬆開泛白的指尖。

緊繃著唇角，青荇看到陸蒺藜的神色時，又覺得緊張。「那小姐妳呢，妳是不是還有別的事要做？」

「我就是去好好吃喝玩樂的呀，能有什麼事情做？」陸蓁藜眼神微閃，說話的語氣倒是理所當然。「妳放心，我答應過爹爹的，無論如何，絕對不會再把我和陸家置於危險之處了。」

「小姐……」突然直覺不安起來，青荇隱隱覺得，明日的宴會並不是那麼簡單。

站起來揉著她的臉，陸蓁藜把衣服塞進她手中。「行了，快走快走，妳還有事要做呢，小小年紀，板著臉做什麼？一定要把衣服熨好，明日早點來叫我起床喔。」

砰的一聲關上門，陸蓁藜把青荇的叫喊隔在門外，臉色卻是驟然沈了下來，坐回鏡子前，陸蓁藜雙眼失神。她記得很清楚，前世就是在這場宴會上，發生林儷墜湖，被寧思遠相救的意外。雖然兩人並沒有發生什麼，林儷卻成了寧思遠難得的紅顏知己，甚至一直未嫁，而寧思遠呢，自此入了丞相的青眼……

輕伸出指尖，陸蓁藜描摹著自己在鏡子中的輪廓。林儷的墜湖是個意外，這個意外到底會不會發生，直接印證了她到底能不能改變前世發生的事情。

「若是什麼都改變不了，那我重生一次，不過是用另一種方式到達原定的悲劇罷了。」啟唇一笑，陸蓁藜眼底是無限的蒼涼悲傷。

脫下衣服躺在了床上，她卻翻來覆去睡不著，明日不僅有林儷的事，還有另一件事，也得她去留心。

輾轉反側許久，等她終於淺淺睡去時，已然是子時之後。

紅日初升，昭示著今日會是個好天氣，丞相府中早早忙了起來，林儷身穿一件百蝶穿花裙，指揮著下人們。「動作都快些，桌椅搬著要小心，別磕到了。那些花怎麼能擺在那裡呢，快點都拿過來！」

隨著林儷嬌聲的吩咐，人們的動作敏捷而迅速，此時她的貼身丫鬟穿過人群走來，神情有些緊張。

來到林儷身邊，丫鬟輕聲道：「小姐，金國的郡主來了，還有別的小姐、公子也到了，都在門口。」

「這麼快！」

整理幾下衣服，林儷吩咐佈置的人們再快些，才走到門口迎客。尚未見到人，便聽到了鮮亮的鳥鳴聲和姑娘們的笑語。

「郡主帶來的這隻鳥看起來真有靈性，聲音婉轉動聽得很。」

「可不是，這種烏稀有得很，郡主是怎麼得來的？」

人群中央，眾星捧月般站著一個紅衣勁裝女子，頭髮在腦後束成一束，是與長安城裡與眾不同的豔麗奪目。

此人便是金國郡主蕭明熹，昨日剛跟著使團入京，此時對於眾人的恭維她並不搭話，只管看著道路前方，像是在找什麼人。

「原來是郡主和幾位姊妹到了，讓各位久等了。」昂著頭，林儷伸手讓丫鬟扶著自己，端出最莊重的架子，連嘴角的笑容都是完美得剛好。「郡主京城一別，數年未見，卻是越發的明麗動人。」

「林姑娘。」朝她點點頭，蕭明熹察覺到了女兒家隱約的心思，卻也沒有理會。她又不是來比美的，仍舊看著道路盡頭，蕭明熹神色隱隱有些期盼。

感到自己被忽視，林儷咬咬唇，繼續笑道：「如今時間還早，大家不妨先入內一敘，我特意備了上好的新茶。」

「妳們先進去吧，我再等等。」蕭明熹卻開口拒絕，渾然不考慮若是她不入內，旁的姑娘千金們也不願進去。

越發難堪地捏住指尖，林儷又是憋出一個笑容。「那也無妨，我們便陪著郡主等。

對了，今日的宴會，陸姑娘也會來，大家也好久沒見過她了吧？」

「姊姊說的可是陸蒺藜？她都那般丟人了，還敢來？」

「妳這是什麼話，她不是一向厚臉皮嗎，有什麼不敢的？」

頓時激起這些京城小姐們的話題，她們紛紛捂著嘴笑，眼中是不掩飾的鄙夷，話題終於不再圍繞蕭明熹。林儷輕笑著去觀察她的表情，卻沒看到分毫失落樣，不覺地指尖又捏得用力了些。

只覺得這些鶯鶯燕燕們吵鬧得很，蕭明熹微皺著眉頭逕自等著她想看到的人，終於遠遠看到一輛馬車後，綻放出一個明亮的笑容。她在心中輕道，羅止行，好久不見！

剛從馬車上下來，羅止行就聽到了幾聲有些熟悉的鳥鳴聲，眸色一凝，他看到熟悉的鳥籠以及旁邊的明豔女子時，停頓下腳步。

「爺，要想辦法避開嗎？」長均清楚自家國公的毛病，看到鳥籠的瞬間，立時衝上來，壓低聲音詢問。

垂下眼眸，羅止行微微搖頭，神色沒有任何變化。「不必了。」

知曉自家國公在外人面前多能裝，並不會輕易讓人察覺他的異樣，長均便也是只站在他身後，不再多言。

「林儷拜見荊國公，國公親自前來，真是讓小女子萬分感激。」以著主人的口吻迎上去，林儷盈盈一拜。

客氣地頷首回禮，羅止行語氣溫和，卻在說話間不經意地在人群中掃了一眼。「林姑娘客氣，丞相大人不參宴嗎？」

「爹爹說這宴會無關朝職，大家又都是年輕人，他便不過來了，讓我們盡興就好。」羅止行溫柔的口吻和俊朗的外表，即使是心高氣傲的林儷，也不由有些臉紅。

沒有在人群中找到想見的人，羅止行點點頭便不再多言。

等了許久也不見那人和自己說話，蕭明熹按壓住心底的委屈，往前一步正想開口，恰在這時，一道中氣十足又爽朗的女聲從後面響起，耳朵都聽得出來此女身體很好。

「羅止行！」一眼認出了前面的背影，陸蒺藜提著裙襬加快腳步，自己都不知心底深處的高興是從哪裡來的。「你家馬車停在這裡，是想要堵住別人的路不成？」

在聽到聲音的瞬間，羅止行眉目便柔和了許多，轉過身來噙著笑，正想往前迎去，卻看到對面的陸蒺藜錯愕地停住腳。

兩人眼神直勾勾望著，耳邊傳來幾聲抽氣聲，羅止行回頭，就看到林儷等其餘官家千金眼裡也滿是震驚。

「長均，我有哪裡不合適嗎？」彷彿有哪兒不對勁，蹙著眉，羅止行問向身側的侍衛。

來回掃了他一眼，長均納悶地搖頭。「沒有啊，還是和往常一樣，氣度非凡，只除了這衣服，和陸姑娘的有些像，那蘇遇南是怎麼挑的啊？」

一語驚醒夢中人，羅止行迅速轉頭，看向陸蒺藜的衣裙。

一身蝶翅藍的襦裙，上著一件山茶白的外衫，裙角袖邊用紅鳶色繡著幾朵鳳凰花，細小的珍珠攢成一條飄帶，勾勒出她的好身材。衣料繡工，都與自己身上的衣服一模一樣，就連花紋也與自己身上的勁竹暗紋極為相配，就像是親暱的夫妻一同做的衣服。

乍然想明白了怎麼回事，羅止行眼中揉出些許無奈，步履堅定地朝著她走去，在她面前站定。「都是蘇遇南這傢伙搞的，陸姑娘別介意。」

她剛還在奇怪，羅止行應當幹不出這種事情，笑著嘆口氣，歪頭看他。「這位蘇公子可是真有趣，你何時有空帶我去見識一下他吧。」

「好啊。」

羅止行回答得毫不猶豫，甚至還有些察覺不出的熟稔，陸蒺藜一愣，隨即嗤嗤地捂著嘴笑開。

不明白她在笑些什麼，可羅止行還是神態一柔，手中多了個琉璃瓶。「這是祛痕的靈藥，偶然得來，陸姑娘留著用吧。」

「我這傷是在旁人看不到的地方，你們這一個兩個的都送我祛疤痕的藥，莫不是對我的身體有所圖謀？」眉毛一挑，陸蒺藜不知為何，就是想要逗弄一下他。

羅止行卻是眼睛都沒眨一下，作勢要收回手。「看來陸姑娘不需要，那還是算了。」

「我要我要！」立馬搶過來細心收好，陸蒺藜撇嘴。「同你開個玩笑都不行，真是無趣。不過你說說你，怎麼總是送我藥啊？」

忍著唇角的笑意，羅止行背過手去。「那不如陸姑娘想想，為何自己總是受傷。」

「哼。」從鼻腔裡哼一聲，陸蒺藜看向幾步之隔的人群。「那若是國公大人沒有要我換衣服的想法，咱們便過去吧？」

收起笑意，羅止行照舊神色淡淡，沒有回答，率先往前。

快步跟上他，陸蒺藜笑咪咪地同已經管理好表情的小姐們打招呼。「林姑娘，許久不見，妳風采更勝之前啊！還有祝姑娘，妳這髮簪真好看，襯得妳皮膚更白了。這不是何姊姊嗎？妳這曼妙身段，我真是見一次羨慕一次。」

一個不漏地把在場所有人誇了一遍，陸蒺藜在臉色不好的蕭明熹面前停下，心中已經猜出了她是誰，面上卻不顯。「咦，京城何時多了位如仙女般的姊姊？哇，旁邊這鳥可真好看！」

「荊國公，你就沒什麼要和本郡主說的嗎？」蕭明熹卻壓根兒沒給陸蒺藜一個眼神，而是上前一步逼問羅止行。

強忍著鳥籠靠近時心緒的浮動，羅止行神情越發淡然。「郡主遠道而來，一路奔波勞苦，這幾日定要在長安城好好遊玩一番。」

「就這樣？」再往前一步，蕭明熹燦若星辰的眼睛中有些失望，她怎麼也沒想到，自己幻想過無數次的重逢，會是這樣的場面，枉費她還特意帶著他送的五彩鳥兒。

眼看著自己就要因為恐懼退後半步了，羅止行微皺起眉毛，眼前卻突然竄出來一個熟悉的身影。

「原來您就是金國的郡主啊！我真是太有福氣了，竟然能看到郡主的真容，郡主真好看！」陸蒺藜嘻皮笑臉地湊上來，恰好阻斷了二人的視線。

看著她單純的笑臉，彷彿真的是因為看到自己而高興，蕭明熹冷哼著狠狠轉頭，髮尾都甩到了側臉上。「進去吧。」

「好，大家請隨我來。」沒想到又被另一人奪去風頭，林儷暗自瞪一眼陸蒺藜，往前帶路。

壓根兒沒把林儷的眼刀放在心裡，陸蒺藜跟上她們，卻忍不住偷偷拿餘光瞥身後的人。

羅止行有些不對勁，表面上看起來沒什麼不妥，只是步子格外慢了些，就這麼離半步之遠跟在她們身後，一直低垂著目光，像是在避開什麼東西。

心生奇怪，陸蒺藜後退一步到他身邊，順著他躲避的方向找了找，目光鎖定在那隻毛色光亮的鳥身上，直接低聲問道：「羅止行，你是怕鳥嗎？」

眼睫微眨，羅止行也沒想到她輕易就觀察了出來，卻也並沒有多隱瞞。

「年少時被人作弄，誤闖入御花園中豢養禽鳥的地方，等我被找到時，已經過去了近一夜，身上也多了好些啄傷。自那之後，便不怎麼喜歡這些尖嘴的動物了。」

他說得輕描淡寫，卻無端惹得陸蒺藜心疼。她也是這段時間才陸續打聽了一下羅止行的背景，難以想像他是怎麼度過那沒有雙親庇護，又被皇帝猜忌的歲月的。

可這些即便只是置身事外的想想，都會覺得黑暗的日子，羅止行卻孤身一人挺了過來，竟也斂去渾身戾氣，硬是把自己修練成這副溫潤如玉的君子模樣。陸蒺藜心微抽，眉目間染上些許悵然。

「妳這種表情做什麼？可別讓人看出來了，到時候若是嘲笑我堂堂國公還怕鳥，我可與妳沒完。」羅止行看到陸蒺藜的表情，故意伸手敲她額頭，笑著與她開玩笑。

他還沒有說，自己因為那次的啄傷，足足閉門不出半個月。當時滯留在京的蕭明熹因為他消失半個月，還曾衝他發過好一陣脾氣，年幼且一向心中只有自己喜樂的蕭明熹，自是也沒有發現他自那之後就鮮少陪她逗弄過什麼鳥兒。

剛跟著林儷到了喝茶的花廳中，蕭明熹一回頭就看到了羅止行親密的和陸蒺藜說話，不覺臉色更是難看。

「死要面子幹麼？」陸蒺藜卻是渾然不知，咧嘴對他說出這麼一句，便徑直朝著前方走去，讓羅止行都來不及阻攔。

迎著所有人各種情緒的目光，陸蒺藜在蕭明熹跟前站好，笑容更加燦爛。「郡主，妳這鳥我真是越看越喜歡，是怎麼得來的啊？」

美目在她身後看了幾眼，蕭明熹彎起紅唇，模樣倨傲至極，卻不會讓人厭煩，彷彿她天生該是這種驕傲明媚的樣子。「這鳥兒是昨日我剛進長安城，荊國公便遣人送來的禮，我看著喜歡，這才勉強留下。」

都巴巴地帶到這裡了，還勉強？陸蒺藜暗中撇嘴，不對啊，羅止行那廝不是說自己怕鳥嗎？怎麼還尋鳥送她？立馬回過頭去，陸蒺藜滿眼驚訝和嗔怪。

壓根兒沒有解釋機會的羅止行攤開手，憋著笑回看她。

可是他們這樣的互動，落在別人眼中，倒是有了別的意思。祝姑娘嗤笑著，鄙夷地開口。「郡主昨日剛到，國公就送上她喜歡的鳥，定然是早早就準備好的，這才叫真正的情誼，不像是某些不知廉恥的人，只能自己湊上去。」

她這句話霎時讓羅止行臉色變了。這個姑娘真是沒腦子，這番話在有心人聽來，不就是他一直關注著金國使團的動向嗎？他好不容易才從皇帝的猜忌中喘口氣，擰著眉頭，羅止行想要說些什麼。

「那是祝姑娘有所不知，這隻鳥早就被國公大人尋到了，是碰巧聽說郡主入京正好送給郡主的，而非是知道郡主要來而特意準備的。」沒等到羅止行開口，陸蒺藜就笑咪咪地代為反駁。

壓根兒不知道陸蒺藜強調的是什麼，祝姑娘扭著脖子，壓根兒不去看她。「切，那也是特意送給了郡主，而非是妳。」

緩緩合上半張的嘴巴，羅止行看著前面的陸蒺藜，一時間，彷彿所有人都失了色，唯有她一抹鮮亮。

「祝姑娘說得是，這隻靈鳥總是送給郡主的嘛，也只有郡主才能和牠相配了。」沒忘記自己來的目的是什麼，陸蒺藜繼續恭維著蕭明熹。「不過郡主，我聽說越有靈性的鳥，可是越不好養。」

油嘴滑舌的女子！對面前的人已經有了評價，蕭明熹頓了半天才問：「哦？怎麼說？」

「這其一，就是平日裡喝的水，不能馬虎，必須要最清澈的水。還有吃的東西，也得細心調配的，牠才肯吃。」陸蒺藜私毫沒有波動，蕭明熹停了多久，她就等了多久。「最重要的就是這第三，絕不能養在人多的地方，就比如現在，鳥兒沾了人的氣息，難免不安害怕。」

互相看了幾眼，祝姑娘不滿地又捏著嗓子開口。「什麼？人多也不行？我看就是妳嫉妒郡主得了國公送的禮，故意這麼編的！」

壓根兒不去看她，陸蒺藜只管默不作聲地站著，等蕭明熹的話。

定定看了陸蒺藜許久，蕭明熹突然笑著看向自己的婢女。「去，將鳥兒掛在外面的樹下，小心看護。」

「郡主，妳信她做什麼！」

「郡主選的地方可真好，靈鳥可不該留在樹下嘛，懂得這般小心照看，郡主定是愛鳥人。」直接開口壓下祝姑娘的話，陸蒺藜笑著欠身致禮，轉身退回了原本的位置，還不忘在經過時，偷看臉都被氣紅的祝姑娘一眼。

真是呆子，那蕭明熹多驕傲的人，豈能允許被當作和她爭風吃醋的小女子？陸蒺藜狡黠地轉動幾下眼珠，偷偷湊近羅止行。

「好啦，危機解除！就算是死要面子，也得想辦法不活受罪呀。現在沒事了，國公大人可以去高位坐著啦。」

她的眼睛帶笑，整個人亮得彷彿是一束光。羅止行面無表情地看她一眼，便迅速收回視線，去了最前方的位子上坐好。

這人怎麼回事？沒有得到想像中的回應，陸蒺藜莫名其妙地聳聳肩，卻也沒有多在意，逕自隨意找了個位子，也跟著品起了茶。

第六章

花朝會上，各家公子千金們看著熱鬧，兀自聊得開心。

而羅止行自從坐下之後，就默默飲茶不再說話，手裡端著茶杯，面上依舊是淺淺淡淡的笑容，偶爾向後續跟他致意的客人們點頭回禮。看似一切如常，可只有長均看得真切，他杯子中的水微微蕩起漣漪，彷彿是被投入小石子的古井，眼睛雖說還帶著笑，細看卻是有些慌亂地眨動，明顯是在平撫著內心巨大的觸動。

不明白原因，他只能擔憂地看著主子，直到約莫過了一炷香後，才見羅止行放下水杯，與周圍的人寒暄起來，長均亦是此時才放下心來，在他身後站好。

在面前盤子裡的糕點都快吃完後，陸蒺藜終於聽到了一個熟悉的聲音。

「見過國公、郡主、眾位公子和小姐。」寧思遠朗聲對著所有人行禮，卻唯獨漏了一個方向。他也說不清自己是怎樣的心思，明明是為著那個人來的，卻不願看她一眼。

寧思遠果然也來了，陸蒺藜直起腰，別具深意地看一眼青荇。扭頭之際，卻察覺到另一道視線，順著看過去，只見到了突然低頭的羅止行，還氣憤著他剛才的冷漠，她下意識地嘟囔一句。「莫名其妙！」

「寧大人竟也撥冗前來，實是本府之榮幸，快請入座喝幾杯茶吧。」對於這位狀元郎，林儷也是十分愛慕他的學識，如今見到他自然喜不自勝，忙招呼丫鬟帶他落坐。

視線裡多了一名滿腹書香氣的女子，寧思遠亦是帶上了幾分笑意，客氣地與她恭維幾句。「您便是丞相大人的女兒吧？早就聽聞林小姐知書達禮，如今一見，果真不同凡俗。」

「說得好聽！」拿起一顆脆棗，陸蒺藜狠狠一咬，險些磕壞了自己的牙，清脆的一聲在有些安靜的氛圍中，格外入耳。再加上她本身和寧思遠的關係，瞬間讓她收穫了所有人的目光，咧嘴一笑，陸蒺藜猶豫著剩下的半顆棗是吃還是不吃。

「喲，看來有些人急了啊。」惦記著方才被忽視的屈辱，那位祝姑娘又譏笑著開口。「沒法子，誰讓她自己不知檢點，拋棄了有情有義的郎君，還真以為能入了國公大人的眼？」

本來沒打算理她，可耐不住人家自己討嫌。陸蒺藜單手撐著臉，將另半顆棗丟入口中咂吧幾下。「青荇，妳猜猜，這顆棗是甜的還是酸的？」

笑著歪歪頭想了想，青荇拍掌回道：「奴婢猜是甜的。」

「算是一半對吧，在能吃到的我口中，它就是甜的。」陸蒺藜含笑的眼睛望向祝姑娘，話音陡然一轉。「可若是在那吃不到的人口中，它就是酸的。畢竟，沒幾個人能像我一樣，身邊圍繞的不是狀元郎就是國公大人。」

正因為婚事與娘親鬧彆扭的祝姑娘，立馬被踩到痛處，手指向她，臉色又漲紅了好些。「妳胡說！誰像妳一樣不要臉，誰又羨慕妳的婚事了？」

她永遠這般咄咄逼人，也不知道和別人打好關係，皺著眉，寧思遠轉過視線不再看陸蒺藜。

反倒是羅止行，嘴角的笑意更甚，饒有興致地望著陸蒺藜得意的笑容，渾然不顧郡主的視線一直落在他身上。

「好啦，今日大家來赴宴，都是客人，何必鬧得不高興。」林儷站出來，縱然她也不喜歡陸蒺藜，可也不能放任這種場面繼續下去。

正等著她這句話，陸蒺藜立馬端起自己的茶杯上前，也拿起林儷的茶杯，手指不經意地在杯緣處抹一圈遞給她。「林姊姊說得極對，都是蒺藜不懂事，自小疏於管教，也不知道怎麼和眾位姊妹們相處。

「那就在今日，蒺藜以茶代酒，跟所有姊妹們道個歉，願我們一笑泯恩仇，往後都能和和氣氣的。」高舉著茶杯，陸蒺藜說得格外真誠。

然而她對面的官家千金們卻是傻眼，心中不約而同浮出問號。這個陸蒺藜今日是怎麼了？鬼上身抽風了？

場面在瞬間尷尬到了極點，忍著心底的抱怨，林儷咬牙站出來，畢竟這也是自己先提出的。「陸姑娘說得是，大家都以茶代酒飲了此杯吧。」

有了林儷帶頭，那些小姐們才陸陸續續舉起茶杯，衝著陸蒺藜點頭。笑嘻嘻地轉了一圈，陸蒺藜盯著林儷喝完了杯中的茶，才回到自己原本的位子上，暗中對青荇使了個眼色，表示可以行動了。

捂著嘴忍住笑意，青荇退後幾步，便悄悄去了外面。

她們的動作極為隱秘，全場只有羅止行發現了這主僕二人的奇怪舉動，但只當是陸蒺藜又存著什麼玩鬧的心思，他搖頭笑笑，並沒有在意。

「眼看人也都齊了，那大家不妨移步後花園，小女子已然佈置好了一切，屆時賞花品景，作詩賦詞，豈不風雅？」見陸蒺藜喝完茶竟然真的老實回去坐好，林儷才放下心底的困惑，笑著招呼大家。

可就當她剛說完這些話，突然察覺到肚子裡有一陣翻江倒海的感覺，強行繃住表情，等客人都從前廳移往後花園走得差不多了，她卻再也忍不住，拉住走在最後頭的蕭明熹。

「郡主，實在是對不住，我突然有些不舒服，需要先離去片刻，能否請郡主幫忙招呼一下大家。」

「本郡主？」沒想到突然多了這樣一份差事，蕭明熹微有些愣怔。

肚子的痛感越發強烈，林儷覺得自己腰都快直不起來，只能邊走邊說：「煩勞郡主了，我的丫鬟都知道該怎麼做，讓她做，您看著就好，我先退下了。」

看她真的很不舒服的樣子，蕭明熹也沒叫住她，看著周圍再沒別人，只好背著手看向林儷的丫鬟。「那就前面帶路吧，到時候妳照著安排好的做，本郡主看著就行。」

這丫鬟也跟著林儷辦過幾次花朝宴，如今面對這種狀況，竟也真的沒有露怯。在蕭明熹對眾人簡單解釋後，她便帶著下人們上好菜，等大家吃了一些後又站出來，照著林儷昨日準備的字，用作詩行起了酒令。

胸無點墨的陸蒺藜全程只管吃菜，無論那些矜貴的公子小姐們說出怎樣驚人的詞句，也不妨礙她動筷的速度。

蕭明熹畢竟是金國人，勉強和了幾句詩後就不再多言，羅止行亦是沒什麼參與的興致，一時之間，反讓寧思遠成了眾人追捧的對象，結交了不少看似投緣的朋友。

在又一首驚豔所有人的詩作落下後，蕭明熹與身側侍女耳語幾句，起身退了出去。

而也恰在此時，陸蒺藜終於停下了筷子，胡亂抹一下嘴，她拉過旁邊滿眼崇拜看著寧思遠的一名官家千金。「這位姊姊，我出去透透氣。」

「去吧去吧，有人找妳我再幫妳跟別人說。」擺擺手，那名千金頭都沒抬，急著想把方才寧思遠作的詩記下來。

挑眉笑笑，陸蒺藜站起來看了看，應該沒有人注意自己，便背著手大搖大擺走出去。

「長均，我們也出去走走吧。」放下茶杯，羅止行目送著陸蒺藜出去，心思一動，竟然也站了起來。

背著手出來，陸蒺藜先繞道去了前院看那隻稀有的七彩靈鳥，這鳥兒並非京城地方的品種，看著也不想被拘束在小小的鳥籠裡。她想製造一些小騷動，於是就過來看看牠，透過鳥籠伸手逗牠幾下，直到身旁負責守著鳥的丫鬟逐漸沒有戒備心，站在一旁發呆了，這才一下子撥開鳥籠的門。

自由近在眼前，那鳥兒驚喜地鳴叫一聲，直接撲稜著翅膀飛出來。

「唉呀！快，靈鳥自己打開鳥籠飛走啦！」仗著那丫鬟剛才沒看清楚，陸蒺藜驚慌失措地大喊：「都愣著幹什麼，還不快去追，要是找不回來，郡主一定會生氣的！」

看鳥的丫鬟先白了臉，倉皇地快步喊人去追，頓時鬧作一團。

看著很快空無一人的院子，陸蒺藜笑著拍拍手，轉身走向另一條小道，離去時推了一把空著的鳥籠，在樹梢上，晃悠出幾道難聽的吱呀聲。

後花園裡，被一眾人圍著，寧思遠的臉色卻有些不好，他沒想到自己再一抬頭，陸蒺藜和羅止行的位子上都齊齊沒了人，心中突然多出些浮躁的情緒，他微微抿住唇角。

「寧大人，您這首詩實在是好，可否分享一下您的奇思？」

耳邊又傳來別人的聒噪聲，寧思遠終於忍不住，抬手衝大家歉意地笑笑。「實在對不住，在下略有些疲倦了，想出去走走，剩下的環節，還是請各位玩吧，倘若還有佳作，定要幫在下抄錄一份啊。」

被寧思遠才學壓住一頭的公子們，聽聞此言，都或多或少有些高興。自然也不會多留寧思遠，客套幾句，便放了他出來。

離開後花園，來到宴客廳，寧思遠卻沒想到面前也空無一人，揉揉眉間，他抬腳走上了左邊的那條路，想著萬一真的找不到陸蒺藜，便也就算了。

後花園裡波光粼粼的湖邊，青荇實在是待得百無聊賴。「小姐盡會騙人，根本沒人來賞湖，林姑娘哪會過來這裡嘛！我都餓了！」

靠在一棵半人粗的大樹上，青荇把玩著面前晃動的枝葉，心想，若是半個時辰後林姑娘還不來，她就回去算了。

「青荇？」而就在離她不遠處，寧思遠卻越走越近，望見了青荇，更是加快步子。「妳怎麼在這兒，妳家小姐呢？」

突然的一道男聲，嚇走了青荇的睏倦，跳起來揉揉眼睛。「寧公子？你來這裡做什麼？」

沒有回答她的問題，寧思遠兀自抬頭向周圍看去，尋找著陸蒺藜的身影。

「小姐沒有和我在一起，寧公子還是回去吧。」青荇說話間，還不忘記回頭看有沒有別人靠近，只是一直待在這裡實在有些無聊，不由得說道：「寧公子，要是你看到了小姐，能不能請她來找我啊？」

沒有見到心中想看的人，寧思遠掩下心底的失落，聽到青荇這麼說，不由得心生奇怪。「妳這丫頭，哪有自己待在這裡，既不陪著小姐，還讓小姐來找妳的？」

「那是您有所不知。」打著哈哈，青荇摸著頭笑得很心虛。總不能告訴人家，自己是要堵著林儷不讓她靠近的吧。

不知道她是在搞什麼名堂，寧思遠也沒了追問的興趣，很快便打算離開。可就在這時，他看到青荇瞪大了眼睛，神情顯得很是緊張，於是不解地順著她的視線看過去，只見遠處的臺階上站著個女子，隱約像是林儷。

糟糕的心情讓寧思遠一時也沒有寒暄的興趣，並沒打算迎上去，抬腿想走。旁邊的青荇則暗中攥緊拳頭，想著若是林儷過來了，自己該怎麼說才能讓她走開。

然而令兩人都沒有想到的是，本來好好走路的林儷，突然腳下一滑，直接從臺階上滾了下來！

「小心！」大聲的呼喊後，寧思遠飛奔上前，捲起自己的衣袍準備扶她。

青荇則是鬆下一口氣，寧公子應該會把林姑娘帶離這裡，不會再過來湖邊了，小姐安排的任務，自己也算是完成了吧。

被青荇惦記著的陸蒺藜，此刻卻在院子另一頭一個偏僻的矮房邊，捂住嘴蹲在牆根下偷聽裡面的人說話。

有意放走七彩靈鳥之後，她本欲再回到後花園，沒想到在一條小路上看到蕭明熹鬼崇的身影步進府中內院，她好奇心一起，便一路隨著蕭明熹的腳步到了這裡。

「丞相大人，本郡主今日就是為了軍防圖來的，你我明明說好的，為何現在不交出來？難不成你後悔了？」

目光冰涼徹骨，陸蒺藜控制著自己不發出聲響來，可聽到那清清楚楚的「軍防圖」三個字後，身體還是忍不住發抖。

屋裡的另一個男聲老辣沈穩，語氣就像是在市場交易一樣隨意。「郡主這話就不對了，從來的道理都是一手交錢一手交貨，哪有我先把東西給妳的道理？」

「真是笑話，我們答應你的錢財，還能再貪回去不成？一拿到圖，我就派人給你送來。」蕭明熹有些急躁，語氣暗含逼迫。

可那林丞相也不退讓。「郡主何必急，我答應的軍防圖也不會賴帳啊。妳大可定個時間地點，到時候我給圖妳給錢，我們兩清就是了。再說了，今日這麼多客人來本府參加宴會，也不適合交易啊。」

沈默了許久，才又重新響起蕭明熹的聲音。「好，我定好時間地點後會派人來告知你。」

只聽完這一句，裡頭便再沒有響動，陸蒺藜愣了片刻，暗叫一聲不好，轉身便迅速往遠處逃去，可在片刻之間，又能跑多遠？木門被推開的聲音，帶著陸蒺藜的心跳也加快幾分，瞬間調整好表情，陸蒺藜在一棵樹前站定，仰著頭喊：「鳥兒，你在哪裡啊？」

「妳在做什麼，為何在這裡？」蕭明熹一離開小屋就看到不遠處有人，登時快步過來，抓住了陸蒺藜的手腕。

「疼，郡主妳輕點啊！」誇張地做出一個想哭的表情，陸蒺藜可憐兮兮地求饒。「我錯了郡主，我不該去逗弄妳的靈鳥，沒想到牠就這麼飛走了，我已經在找了，您就饒了我吧！」

她在說什麼亂七八糟的？蕭明熹顯然沒有那麼容易被糊弄，捏著她的手更加用力。「老實交代，妳何時過來的，都聽到了什麼！」

眼淚都憋了回來，陸蒺藜掙扎了幾下還是沒有掙開手腕。「我就是剛來的啊，我看靈鳥飛向這個方向，才趕快跑來的，聽到什麼？靈鳥叫的聲音嗎？我真的沒聽見呀，要是聽見，我早抓住牠了！」

「妳當真只是來找靈鳥的？」狐疑地瞇起眼睛，蕭明熹這才稍微鬆開些力氣。

可還沒等她回話，樹後面又走出另一個人，羅止行訝然地挑起眉。「陸姑娘還沒有找到鳥嗎？郡主，妳又是何時過來的？」

驟然鬆開了陸蒺藜，蕭明熹此時竟然避開了羅止行的視線。「原來陸姑娘真是來抓鳥的啊，好端端來了這裡，還讓我覺得奇怪呢。」

「我一路看著陸姑娘到這裡，雖說這裡偏僻些，但鳥兒翱翔於空中，倒是不會看地點的。」目光掠過陸蒺藜紅腫的手腕，羅止行不經意地站在她身前，形成迴護之態。「只是郡主來這裡做什麼？」

閃躲不定地退後半步，蕭明熹摸著耳垂轉頭。「本郡主是待不慣你們的宴會，出來閒逛，才不知不覺來到這兒的。」

話音剛定，幾個匆忙闖入的丫鬟恰好沖淡了空氣中的詭異。「見過國公、郡主、陸姑娘，丟失的靈鳥找到了，郡主和陸姑娘放心吧。」

沒想到是真的丟了鳥，蕭明熹此時完全相信了陸蒺藜找鳥的說法，對丫鬟們點頭，示意她們先回去，才略帶愧疚地看向陸蒺藜。「方才是我有些衝動，冒犯之處，對不住了。」

「這有什麼，沒關……」陸蒺藜擺擺手，正打算藉機套個近乎，卻連話都沒說完，就被另一人截走話音。

「妳確實衝動，不問青紅皂白就衝過來抓人，倘若她回答得慢些，是不是連胳膊都會被妳卸了？」羅止行知曉蕭明熹有武功，語氣有些重。

這人今天真是抽風了，陸蔟藜笑容有些掛不住，眼睜睜看著蕭明熹也黑了臉。

「本郡主想做什麼就做什麼！倒是國公你，你們倆什麼關係啊？從她一來開始，你的目光就沒有離開過她，如今出來找個鳥都要寸步不離地跟著？」

見蕭明熹投向自己的目光已經從方才的愧疚，變得有些憎惡，陸蔟藜簡直是欲哭無淚。「我們沒……」

「我們二人一見鍾情！」

羅止行斬釘截鐵的話語，簡直是耳朵能聽到的擲地有聲，硬邦邦地橫在了他們幾人中間，除了他自己，所有人的臉上都寫滿了驚訝。

「好，真是好得很，一見鍾情啊。」點幾下頭，蕭明熹如同嘲笑自己心意般勾起紅唇，枉她還自顧自盼著重逢，另一個人卻連新歡都有了。

狠狠瞪他們二人一眼，蕭明熹轉頭便快步跑開。

「郡主，不是這樣的，妳聽我說啊！」沒有叫住人，陸蔟藜哭喪著臉看向羅止行。

「你都在胡說些什麼啊？」

誰知羅止行倒是理直氣壯的。「陸姑娘當初藉著在下擋婚約，如今在下也遵循妳的方法，避開些不必要的情誼，難道在下有錯了？」

被噎得完全說不出來，陸蒺藜好不容易才咬牙憋出一臉笑。「是，扯平了。你沒錯。」

「那既然如此，我們就該說另一件事了。」她讓了步，羅止行卻面色更加沈重幾分。「妳到底來這裡做什麼，妳自己再清楚不過。長均和我耳力極好，都聽到了那房中的對話，方才妳被抓時想的藉口還算合理，讓我本想誇妳如今變聰明，懂得預留退路了。」

在他出口相幫時，陸蒺藜就料到了他接下來會質問自己，聽到這一句，她忍不住出口打岔。「那你怎麼不誇？」

「因為妳要是真的聰明，就不會讓自己置身於今日的危險之中！」厲聲說道，看到陸蒺藜低垂下腦袋時，羅止行又不覺放緩聲音。「陸蒺藜，無論郡主和丞相有什麼交易，都不是妳能參與的，懂嗎？」

她又何嘗想參與進這些噁心的事情中？輕笑幾聲，陸蒺藜乖巧地仰頭看他。「好，我知道了。」

她是在敷衍罷了，只是看著陸蒺藜的眼睛，羅止行就清楚地意識到她的念頭，靠近她一步，他還想再勸。

「荊國公，鳥也找到了，我們再不回去會惹人閒話的。」在他開口之前，陸蒺藜搶先一步轉身，態度似乎變得冷硬幾分，與羅止行隔開了距離。

她也怕惹閒話？羅止行嗤笑一聲，強硬地上前拉住她的手。「說得是，那就回去吧。」眼下陸蒺藜情緒抗拒，左右還有時間，自己再想辦法勸她就是了。這般想著，羅止行不由加快腳步，手卻再沒鬆開。

沒想到羅止行會這樣牽著自己，陸蒺藜頗有些意外，可也乖巧地由著他，直到回到後花園，看到了兩個身形相偎的人，才目瞪口呆地掙開他跑過去。「你們為何會一起回來？」

看到陸蒺藜的瞬間，本一副柔弱姿態的林儷就激動起來，手指直指向她的鼻子。「陸蒺藜，一定是妳幹的，我還什麼都沒來得及吃，一定是妳的那杯茶害我身體不適的。」

她的衣服沒濕沒換，看來是沒有靠近小湖，那她到底是怎麼和寧思遠又遇上的？陸蒺藜眼眶發紅，顧不得任何人的目光。「你們是怎麼相遇的？快說！」

「關妳什麼事？我身體不適，腳步虛浮，下樓梯時一腳踩空，幸虧寧公子路過，這才救下了我，妳快給我解釋那杯茶是怎麼回事？」沒想到陸蒺藜還敢跟自己大聲說話，林儷也是動了真怒。

可陸蒺藜壓根兒都沒管她，湊近寧思遠追問道：「那你呢，你不好好在那裡作你的詩詞，出來做什麼？」

「陸蒺藜，妳是在質問我嗎？」方才和林儷一路走來，寧思遠也動心於她的才識，再加上剛回來就看到陸蒺藜與羅止行相攜而來，還言語不敬地質問他，惹得寧思遠亦是十分惱火。「妳又和國公去做什麼？我見妳不在特意去尋，卻沒有找到妳，妳去哪裡了？」

被他說得一愣，陸蒺藜腳下一軟，險些跌倒在地，臉色白得不像話，口中是沒人聽得懂的呢喃。「原來都是因為我……明明想阻止，沒想到倒還是促成了你們……哈哈，荒謬，真是荒謬啊！」

三人毫不掩飾的爭吵，奪走了全部人的目光。不欲面對眾人的嘲諷，寧思遠柔聲扶著林儷起身離開。「林姑娘，我先扶妳進去坐好吧。」

「多謝寧公子了，有機會，我可想看看你的佳作。」陸蒺藜難看的臉色，讓林儷的心中有了一種陰暗的舒適，她越發嬌弱地靠近寧思遠一些，任由他攙扶著往前。

而只有那狀若瘋癲的陸蒺藜，依舊站在所有人的議論中，沒了顧忌的人們還越發放肆，對著她指指點點。羅止行也不自覺地一臉嚴肅，已回到後花園的青荇看不下去，忙上前拉著陸蒺藜去一旁坐好。「小姐，我們也先回去吧。」

如同木偶般被青荇帶著坐回原處，陸蒺藜長長的睫毛覆蓋住所有思緒，大袖下的指尖抖得不像話，她就像是瞬間被寒冰封住一樣，面色慘白，與不遠處的所有畫面隔開。

那些捂著嘴笑的人們，那些推杯換盞的人們，那些恭維客套的人們，都與她遠遠隔開。只有她一人孤零零坐著，面前是她一人才看得懂的命數，不容質疑和改變的命數。

心中猜想的答案得到印證，陸蒺藜扯出一個如同鬼面的笑容，瘆人又悲涼。

羅止行藏著滿目的擔憂，一直注視著那安靜坐著的女子，心頭突然有些慌亂。但經過寧思遠方才說的話，倘若他再靠近，豈不是更給她惹閒言？仰頭喝下一口烈酒，他也只好坐在原處。

一場宴會，終於在傍晚時分落下帷幕。

「小姐就快要赴宴回來了，你們的湯藥都準備好了嗎？她的傷還沒好透，可不能斷了藥。」將軍府裡，陸琇正吩咐著下人，看時間也到陸蒺藜回來的時候了。

小廝們知道將軍有多寶貝小姐，又哪裡會耽擱熬湯藥？「將軍放心吧，剛熬好溫著，小姐一回來就端去。」

正說完，門口的小廝就入內稟告。「將軍，小姐回來了。」

立馬拿著披風迎上去，陸琇沒見到人就開始念叨。「怎麼現在才回來，玩瘋了忘了有傷是不是？來把這個披……這是怎麼了，怎麼臉色這麼難看？」

「將軍，我先扶小姐進去了。」陸蒺藜再沒有說過一句話，青荇也是十分焦急，又不清楚真相，只當是被寧思遠他們氣到了。

慌忙架起陸蒺藜的另一隻胳膊，陸琇也不安地扶著她往前。「這是怎麼了？就跟丟了魂似的，小藜，妳跟爹爹說句話呀。」

終於回到了房中，陸蒺藜彷彿此時才聽到別人的話語，費勁辨認出陸琇的面容，勉強揚起一抹笑。「爹爹，我就是有些累了。」

「累了？累了就休息，沒事。」陸然鬆下一口氣，陸琇摸摸她的頭，卻又不敢細問。「爹爹陪妳一會兒，好嗎？」

嘴唇翕動幾下，她緩慢搖頭。「不了，你們都走吧，我睡一覺就好。」

「那要不爹爹給妳倒杯水，準備些吃的？」陸琇再問時，已沒有了任何回應，默立片刻，他只能轉身離開。「那爹爹不打擾妳了，有什麼事情，一定要和爹爹說。」

退出來關上房門，陸琇立馬叫住青荇。「到底發生什麼事情了？」

「今日林儷小姐從樓梯上摔下來，是寧公子英雄救美扶了她一把，後來兩人很是親密，小姐看見後就不對勁了。後來人們又嘲笑小姐，小姐應該是聽到心裡去了，未免難過。」青荇心疼地皺著眉回道。

不是都一心退婚了，還鬧騰什麼？一向捏不準女兒的心思，陸琇自然對青荇所說深信不疑，可這種情事，他這爹爹也委實沒辦法。「唉，真是造孽。我去找人再開些安神的藥，妳守著小姐。」

「是。」青荇連連點頭，立在門邊就不再離去。

可就在陸琇剛走後，小院的牆邊翻身進來兩個人，動作極快，直奔向陸蒺藜閨房，嚇得剛要開口尖叫，青荇就被一人堵住嘴。這才認清楚來人，驚恐的眼中又多了些不解，國公和他侍衛來幹什麼？

「青荇姑娘，在下本無意冒犯，但是實在有事要找陸姑娘。倘若從正門進來，陸將軍未必肯讓我見她。」羅止行縱然做的是不合禮數的事，態度卻也是溫和坦然的。「所以請妳通融，我說幾句話就走。」

都到這兒了，還問她通不通融。青荇終於把尖叫聲憋了回去，順從地點點頭。長均這才移開自己的手，而羅止行也在青荇點頭的瞬間推門進去。

傍晚時分，陸蒺藜的房裡本就昏暗，再加之陸琇走時熄了燈，等了片刻羅止行才適應光線，眼波一轉，便看到了枯坐在鏡子前的陸蒺藜。

「妳到底怎麼了？我不信妳是因為寧思遠在難過，現在細想，整個宴會妳都很奇怪。」

依舊沒有回應，陸蒺藜就像是沒有聽到一樣，沈浸在自己的世界中，呆呆看著面前的鏡子，旁邊還有一根沒有燃盡的蠟燭。

暗嘆一口氣，羅止行掏出火摺子，直接點燃了她旁邊的燭燈。「就算有想不開的地方，也得打著燈琢磨吧？烏漆墨黑的，裝鬼不成？」

突如其來的光亮，劃破了她面前的黑暗。陸蒺藜眼睫輕顫，這才抬起頭，定定看著面前的人。

她的眼睛黑白分明，沒有了平日裡故意裝出來的各種表情，更是純粹，羅止行就這麼不躲不閃，迎著她的目光。

「你怎麼來了？」開口的瞬間，抖去所有寒意，在暖融融的燭火中，陸蒺藜彷彿都看到了自己哈出的白氣。

「翻牆來的。」

眸光一凝，陸蒺藜錯愕片刻，驟然多了些笑意。「堂堂國公，翻牆進一個女子的閨房？」

她的調侃讓羅止行鬆了一口氣，索性去將房間別處的燈也一一點燃。「沒法子啊，碰到陸姑娘，那麼多不合身分的事都做了，也不差這一件。」

貪婪地看著羅止行點亮的每一道光芒，陸蒺藜緩緩伸出手，彷彿想要抓住什麼。

「吃點糖吧。」一回頭就看到陸蒺藜又要失神，羅止行連忙遞過去一個小罐子。

伸手拈出一塊送入口中，甜得陸蒺藜有些想哭，不知為何，對上羅止行的臉，她就是委屈得不行，淚水簌簌掉下來，她又往自己嘴裡塞幾顆糖。

不知她的淚意從何而來，羅止行卻也沒有過多追問，只是安靜站在她身旁，遞過去一方帕子。「擦擦吧。」

嘴裡的糖還沒化完，陸蒺藜就這麼掛著眼淚，含糊不清地開口。「羅止行，你相信命運嗎？」

「為何突然問這個問題？」見她許久不接自己的帕子，羅止行又實在看不下去她那宛如花貓的臉，只好伸手小心幫她拭去淚水。

輕柔的觸感從面頰傳來，陸蒺藜避開他的手，執拗地追問道：「你告訴我，你到底信不信命運？」

修長的手指停在半空中，見她問得急切，羅止行也只好垂眸認真思索片刻。「也許信吧，也許不信，其實有沒有所謂定好的命運，於我而言都不重要。」

「為什麼？」

「因為不管命運是怎麼定的，我都只會去做自己想做的事情啊。」回答得沒有絲毫遲疑，見陸蒺藜沒有那麼抗拒了，羅止行才又伸手擦著她的淚痕。

瞳孔微微放大，陸蒺藜在心中默念一遍他說過的話，又重新拉下他的手。「那若是你想做的事情就是做不了，無論你怎麼努力想改變，都只會走向原處呢？」

「那就再繼續努力，繼續改變。」被她這認真的神情影響，羅止行說出口的，卻是再簡單不過的方法。「我年幼時最喜歡的一個故事，就是夸父追日。太陽就在那裡，我就是要去追，哪怕最後化為鄧林，我都要為後來者出一分力。

「而所謂定好的命數也是一樣，我偏不願屈服，那結局不是我想要的，我就偏要走向我想要的。哪怕是最後粉身碎骨也沒有改變什麼，能給那些劃定我們命數的人添堵也好啊。」

他神色淺淡，低眉說出如同玩笑般的戲語，卻在陸蓁蓁心中掀起波浪。呆愣片刻，陸蓁蓁突然捂著肚子笑了起來，爽朗的笑聲將她方才的頹唐一掃而盡。「對啊，我想通了，就是要給那些神仙添堵去！」

「剛才還一副尋死覓活的樣子，如今又瘋癲高興起來。」跟不上她情緒的變化，羅止行搖搖頭，將手帕放在一邊。

「那是國公有所不知，我這是頓悟了大大的禪機啊。」摸一把臉，陸蓁蓁故作神秘地眨眼笑笑。「既然這件事想通了，該努力還是得繼續努力，那軍防圖的事情，你打算怎麼辦呀？」

沒有想到她還在想這件事，羅止行登時有些著急，語氣也嚴厲幾分。「我說過了，這件事不能管，妳以為只是丞相貪圖錢財才賣軍防圖嗎？」

被羅止行這麼一番質問，陸蓁蓁才發覺些許不對勁的地方，低頭細細思索。丞相本就已經名利雙收了，沒必要非去做這種叛國之事，而且他雖是百官之首，卻也不是那麼容易就能拿到軍防圖，除非是……

「是陛下！背後是陛下想做這筆交易！」心底那個可怖的猜想脫口而出，陸蒺藜難以置信地看向羅止行，盼望著他能夠駁斥自己的話。

只是可惜，羅止行也只能閉眼悵然一笑。「大晉早已是一個空殼，國庫空虛不說，腐朽的官場也沒有大戰一場的勇氣。與百姓們妄圖穩固邊境的呼聲不同的是，這些貪慕一時安樂的高位之人，陛下也好，丞相也好，他們都不想打仗。」

撐著桌子站起來，陸蒺藜像是聽到了一個巨大的笑話。「可就算是這樣，那他們大可和談，偷偷摸摸賣軍防圖做什麼？」

「因為就算不願意，這場仗也是必須要打的。」壓低了聲音，羅止行在那雙眼睛中看出了再熟悉不過的憤懣，熟悉得像是在看十三歲那年的自己。

霎時愣住，陸蒺藜反應片刻，冷冷笑開。上一世裡看不透的原因，現在倒是清晰無比。「原來是這樣，民意壓不下去，陛下也不願意丟了面子，所以必須有一場仗。而不願意久戰，所以這場仗必須輸，而且要輸得又快又慘，才能有後續的和談。」

「對，所以這軍防圖牽連甚廣。若我猜得沒錯，陛下甚至還覺得，軍防圖會讓金國在和談時放寬條件。」不忍再看陸蒺藜的眼睛，羅止行移開目光，注視著燈座下的那一團黑暗。「這次金國使團入京，不過就是個幌子，為的就是這件事。」

真是荒唐至極，搖搖晃晃地站直身子，陸蒺藜想喝杯茶讓自己冷靜一下，杯子舉起來的瞬間，卻壓抑不住內心的激憤，狠狠往下一摔。「可笑啊！他程定容忍不了百姓對他的輕視，那般在乎著什麼皇室顏面，卻能忍得了跟金國和談的屈辱嗎？」

「對象不一樣，心境自然也不一樣。對內他需要徹底的臣服，可別國如何，他卻管不了，左右和談後是要交貢賦的，又影響不了他皇帝的位置。至於百姓會有怎樣的課稅壓迫，又有誰在乎呢？」眸光倒映著沈沈暗色，羅止行聲音冷靜至極。

壓抑著內心的悲憤，陸蒺藜在他對面坐好。「可我還是想不通，我們打敗仗必須和談，那金國又為什麼要停戰？」

「這有什麼難猜的，妳當金國的朝堂就很牢固嗎？」輕笑幾聲，羅止行伸手蘸著茶水，在桌面上畫出兩個點。「金國皇帝，當初不過是個蒙難的皇子，為避免被迫害，甚至在長安城裡待過一段時間。」

注視著羅止行手下的動作，陸蒺藜點點頭。「這我也聽說過，本來做皇帝的是他哥哥，他哥哥上位後想要殺盡所有兄弟，逼得他帶家人來到長安，郡主也是那時一起來的吧？」

忽視陸蒺藜在提及郡主時眼底的一絲戲謔，羅止行指向另一個小點。「看不慣他哥哥的凶殘，金國將軍高和叛亂弒帝，迎接了如今的金國皇帝回國登基，高和也成了顯赫一時的攝政王。只是誰都沒想到，軟弱到逃難的皇帝，竟還頗有手段，坐穩了如今的朝堂。」

「怪不得率使團來的是郡主！郡主代表的是金國皇帝，軍防圖能讓皇帝更有名望，也就更有了和攝政王鬥爭的底氣。」這下，所有的疑點都能被解開，陸蒺藜捏緊拳頭。「到時候，金國皇帝更急切的是要平定內亂，自然就無力進攻我們了。」

嘲諷地勾起嘴角，羅止行用手掌抹去桌面上的兩點水漬。「小小的軍防圖，背後其實是兩國高層心知肚明的一場交易，還挺精妙的，是不是？」

「是個屁！戰場上枉死的將士，和受苦受難的百姓又找誰說理去？」

情急之下，陸蒺藜的言談舉止還真是和陸琇有些相像，惹得羅止行心中好笑。「既然妳都清楚了其中利害，就不要再攪進去了，妳一人不過是螳臂擋車。」

「可是沒辦法呀，我必須攪進去。」陸蒺藜卻是一口否決，輕笑著說出來的話，端的是堅定無比。「國公大人忽視了，和金國注定要開戰的邊境，正是我爹爹戍守的地方啊！金國使團一回去，我爹爹就又得被派駐前線了。」

自己竟忽略了這點，還真是揣摩夠了上層的意思，目光也同他們一樣，成了下棋之人，把別人都當成了棋子。羅止行愧疚地低下頭，這才驚覺自己心中潛移默化的變化。

收拾好自己激盪的內心，陸蒺藜站起身來，對著羅止行恭敬一拜。「今日國公幫我解開了許多困惑，我感激不已。我也明白，你來勸我都是一片好心，但這件事我必須要做，此事凶險，不願牽連國公，時候不早了，國公先回吧。」

「哪有陸姑娘這樣的人？我來陪妳說了半天話，還搭進去一罐糖一方手帕，到頭來連杯熱茶都沒有喝到，就要被趕走了？」被她的話語氣笑，羅止行非但沒動，反而坐得更舒展些，故意逗她。

聳聳肩，陸蒺藜卻不買帳。「那沒辦法，誰讓國公大人是偷偷闖進來的？想要吃喝，就得驚動我的丫鬟們，到時候，我怕毀了您高潔的君子形象呀！」

說完之後，陸蒺藜還伸出爪子拍拍他，一臉的語重心長。

無奈地看一眼她的手，羅止行起身的瞬間正了神色。「妳當真要阻止他們賣軍防圖？」

「是。」

陸蒺藜肯定的語氣衝擊著他的內心，羅止行默立許久後，繼續追問。「妳打算怎麼做？」

伸出手去，陸蒺藜看著透過手指縫隙的燭火，淺淺笑起來。「他們想做見不得人的買賣，那我就偏要給他們翻到明面上來。」

凝視著陸蒺藜的臉龐，羅止行突然轉身朝著門口走去，拉開房門的瞬間卻又停住，彷彿剛做出決定。「我會想辦法幫妳。」

「羅止行，你好像從來沒有在我面前隱藏過自己的能力。」心尖微動，陸蒺藜往前一步，看著他的背影，問出一個自己也不知道想要什麼答案的問題。「你到底為什麼一直幫我啊？」

背對著她，羅止行垂下眼眸。「因為我，心軟又善良啊。」

無聲地咧嘴笑笑，陸蒺藜也不知為何就是相信他。「那我就不客氣了，要打著你的旗號去接近郡主了喔！」

這才回過頭來，羅止行拉開門的同時無奈地對她笑笑。「隨妳吧，反正我在外的名聲，也和妳掰扯不開了。」

在外面等了許久的長均迅速迎上，眼神複雜地看了陸蒺藜一眼，衝她微微點頭致意後，才隨著羅止行飛身離開。

沒想到有朝一日羅止行那個侍衛也能這樣尊重自己，而不是白眼相待，陸蒺藜頗為感動地點點頭。「小夥子，有進步了呀。」

「小姐……」而跟著長均一起守在外面的青荇，此時卻是難掩哭腔，她耳朵沒有長均那麼好，卻也是幾乎聽完大半的，清楚自己小姐要做些什麼危險的事。

望著青荇的苦瓜臉，陸蒺藜拍拍額頭。誇早了啊，那侍衛依舊是個木頭，怎麼就不知道帶著青荇躲遠些呢？揉著她的臉，陸蒺藜笑得沒心沒肺。「青荇啊，妳家小姐往常只會招貓逗狗，如今終於有了豪情壯志，妳總不能扼殺一個偉大的女英雄吧？」

「什麼女英雄，我只想妳是我的小姐。」抽著鼻子，青荇抱怨一句，卻也知道輕重。「小姐，我們去告訴將軍，讓他去想辦法好嗎？」

「絕對不准！」嚴厲地打斷她，陸蒺藜扶著青荇的肩膀。「爹爹性子剛直，他知道了，恐怕寧可死諫也不會屈服的。青荇，妳絕對不准讓爹爹知道，明白嗎？」

抗拒地搖著頭，可青荇心裡也清楚，沒有別的辦法。

「乖，妳不是聽到了嗎？國公會幫我，而且妳家小姐我聰明伶俐，不會有事的。」捏著她的臉，陸蒺藜半是恐嚇半是安慰。「不准再多想了，現在去回了爹爹，就說我沒事了，然後去給我找些吃的來，快去！」

推著抽抽噎噎的青荇離開，重新回到空盪的房中，陸蒺藜放任自己陷入回憶裡。前世什麼都不知道的時候，她還在奇怪，為何爹爹那麼容易就戰敗了？一場足足損失十萬精兵的大敗仗，打碎了爹爹幾十年的傲骨，一夜白頭。

而也就是這場仗，成了寧思遠的起點，花朝宴後有了丞相的支持，再加上陸琇的扶持，他一步步接觸到軍權。

抱著羅止行留下的糖罐，陸蒺藜眸色冰涼。也許她依舊改變不了定好的命數，可她還是要去闖，頭破血流也要去！

第七章

剛回到國公府，今日強壓下的一切情緒波動，在瞬間全部爆發出來，羅止行腳下一趔趄，扶住旁邊的柱子。

「國公怎麼現在才回來，要給您備些茶點嗎？」聽到聲音的管家忙趕來，關切地問道。

勉強站穩身子，羅止行笑著搖搖頭，先遣了長均帶著所有下人離開。「羅叔，可有好酒嗎？」

國公以前不是貪杯的性子啊？打量著他的神色，羅傑也看出幾分異常。「還真有，老奴去取。」

剛抱了酒罈回來，羅傑就看到羅止行坐在庭院正中間，仰頭望著星空，心中更覺詫異，言語間也有些小心。「國公，酒取來了，老奴幫你倒吧。」

「不用，羅叔你也坐，陪我喝幾杯吧。」笑著拉他坐下，羅止行親自動手倒酒。

「羅叔，我也是剛才發現，我已經有很久沒有看過星空了。」

沈痛地嚥下一口烈酒，羅傑才慢慢回道：「是啊，國公身上背負的太多，也是老奴無用。」

「我還記得小時候，娘親就是在這裡，給我指著認識天上的那些星象。」羅止行望著天邊星星，恍惚想起記憶中那個溫柔的女子。「可我從十三歲後，就再沒好好看過星星了，如今才明白，星星一直都在那兒。」

給兩只空碗重新倒上酒，羅傑心中湧起苦澀。

可羅止行還是依舊淺淡地笑著。「這些年來，我習慣了隱忍，就連最怕、最討厭的事情也不得洩漏，總得在外人面前裝出一副笑模樣。可今日突然有個人擋在我面前，教我死要面子可以，但也得不受罪。」

慈祥的目光望著他的側臉，羅傑猜出了他說的是誰。「是陸姑娘嗎？」

垂下頭沈默片刻，羅止行卻也沒有否認。「在那一瞬間，我突然發現，我對她大概有點喜歡。」

「能這麼說，陸姑娘一定是個很好的人，主子若是喜……你喜歡她！」這才意識到他說了什麼，羅傑立馬坐直，按捺不住內心的激動。「那太好了，我們什麼時候去提親？」

哭笑不得地看著他，羅止行仰頭喝酒，羅傑拿來的這罈酒想必是上了年分的，味道很是醇厚。「誰說我現在要娶她了？」

「你不是說喜歡她嗎？國公大人，我們可不能做始亂終棄的負心男子啊！」

「羅叔！」止住了他的話頭，羅止行笑著把酒罈又往他的方向遞過去。「我心中有數，你現在，就是陪我喝酒賞月！」

知道羅止行一直有自己的打算，羅傑只好笑著點點頭，卻又怎麼也忍不住，只好自己一個人笑著盤算。等往後陸姑娘嫁進來，整個府裡的院子都得重新修整一下，國公住的地方也得多建幾個小屋，以後還要給小世子和小小姐們住呢。

羅傑暢想未來的笑聲顯然沒控制住，時不時傳過來，惹得羅止行也只能搖著頭笑，濃郁的酒香中，月色與星空都逐漸朦朧起來。

接下來的十天一如往常地平凡，天氣更加暖和了，時不時會有偷溜出來玩的孩子，奔跑間撞到忙著擺攤的小販。小販也無心計較，只忙著搬菜，心裡琢磨著怎麼把囤積了幾天的菜全賣出去。

百姓們照舊忙碌的過日子，只除了一個人。

還留在京裡的蕭明熹第三次在逛街的時候碰到陸蒺藜，終於控制不住內心的情緒，悄聲跟在了後面，想瞧瞧她要去哪兒。

「青荇，妳說這個玉珮，止行會喜歡嗎？」從店鋪中走出來，陸蒺藜提著一個剛買的白玉鏤雕雲紋珮，與青荇邊走邊聊，餘光朝身後微微一瞥，嘴角勾出三分笑意。

青荇卻是認真思索了半天。「我記得國公之前佩戴的玉珮，和這個風格很像，大概就是他喜歡的樣子吧。」

真是個笨丫頭，陸蒺藜伸手捏捏她的臉。「妳應該說，小姐我送什麼，他都會喜歡。」

揉著自己被捏的臉，青荇只好點頭稱是。

「對了，我昨日去爹爹的書房，妳猜我看到了什麼好東西？」走到人少些的巷子，陸蒺藜故意更歡快地與青荇交談，聲音毫不避諱地傳入後人耳中。

看見了陸蒺藜不一樣的眼神，青荇難得機靈了一回，努力控制著自己想回頭的好奇，配合地問道：「小姐妳發現什麼啦？」

玉珮掛在陸蒺藜指尖，來回晃幾下。「是爹爹在邊境的佈防圖啊！我跟妳說，不是小姐我吹牛，那構思巧妙的，簡直是孫子再世！」

「小姐又胡說了，邊境的軍防圖怎麼可能讓妳隨便看到？而且將軍肯定會呈給陛下啊。」嘟著嘴，青荇儼然是不相信，提高聲音反駁。

一把收回玉珮，陸蒺藜被她的語氣氣到插腰。「我哪裡胡說了？那軍防圖是爹爹剛做好的，應該還沒有呈給陛下，再說了，爹爹又不會防著我，我碰巧給他送茶的時候就看到了嘛。陛下遠在京城，如果邊境戰事將起，具體的佈防當然是由爹爹說了算，那佈防也會因應局勢而改變的。」

看著小姐嬌嗔的臉，青荇敷衍地點頭。「是，小姐說的都對。」

「我本來就對，不過這件事，妳可不能跟別人說喔。」含笑的眼尾朝後輕掃過，陸蒺藜挽著青荇的手，歡快地往前走。「走，我們去找羅止行！」

落後她幾步的地方，蕭明熹頭戴斗笠，嘴角繃緊。剛才陸蒺藜說的話，一字不差地落在了她的耳中。望著前面那個窈窕的身姿，蕭明熹攥緊拳頭。羅止行，你怎麼會喜歡上這種沒腦子的女子？

「郡主……」旁邊的侍女也聽到了陸蒺藜的話，此刻眼中甚是驚喜。「那陸姑娘說的可是真的？倘若我們也能得到陸將軍手中的軍防圖，不是對陛下更有利？」

收回自己的目光，蕭明熹冷笑兩聲。「再看看吧，總不能她說什麼我們就信什麼。」

「那我們現在，可要想辦法去驗證一下？」

「先不急，我們再跟上看看。」凝視前方，蕭明熹重新遠遠跟上陸蒺藜，她還是不相信羅止行會真的對這種女子動情。

本以為出了這個巷子，戲就算是演完了，可沒想到尾巴還在。陸蒺藜歪頭思索片刻，突然咧著嘴笑起來，端的是不懷好意。拉著青荇，她的腳步更加輕快。

湊近陸蒺藜的耳朵，青荇大為不解。「小姐，我們真的要去找國公？」

「演戲演全套嘛。再說了，能衝擊一下郡主的內心，我可是求之不得。」衝著她眨眨眼，陸蒺藜笑出了白牙。

與此同時，羅止行正在自家府內書房裡閱讀著一本古書，當管家羅叔傳來了陸蒺藜來訪的消息時，他微反應片刻，才合書站起來。「既然來了，請她去前廳坐坐，奉的茶要溫和些，我去換件衣服。」

「可是陸姑娘不肯進來呀，說是來給主子送東西的，送完就走。」羅叔一臉笑意，他也是第一次見到陸蒺藜，知曉羅止行的心事後，他是越看那姑娘越喜歡。「國公，我仔細看過了，那陸姑娘模樣好，說話時笑咪咪的，性子肯定也好。」

她在搞什麼名堂？羅止行還沒想清楚她為何不進來，就看到了羅叔欣慰的笑容，不由捂著額頭往外走。「羅叔，你也稍微收斂一下吧。」

「主子要過去啦？老奴去準備些咱們府上的糕點，請陸姑娘回去吃。」還收斂什麼呀，羅叔匆忙往後廚走，直接盤算起了往後要每日送些小玩意兒去將軍府。

壓根兒都來不及阻止，羅止行覺得自己此前和他喝酒談心簡直就是個錯誤。快步來到大門口，羅止行就看到了那個一臉笑意衝自己招手的姑娘，故意板著臉上前。「陸姑娘可真是好大的架子，還要我親自來迎。」

「看客在門口，自然不能去裡面演呀。」若有所指地眨著眼，陸蒺藜壓低聲音，笑得鼻尖皺出細紋。

立馬聽懂了她的意思，羅止行不動聲色地朝周圍掃一圈，索性走出來站在她旁邊，同樣是低如耳邊絮語。「妳引她上鉤了？」

伸出三根手指，陸蒺藜晃了幾下，踮腳靠近羅止行。「我足足跟著她三次了，再不上鉤，我就只能想辦法作法託夢給她了。」

女子的馨香竄入鼻尖，若是以往，心無雜念的羅止行還能泰然自若，可是如今，他只能輕咳一聲拉開距離。「那妳這次來找我是幹什麼的？」

「送禮呀！」另一隻攥緊的手在他眼前張開，一只玉珮掛在指尖晃，直晃得羅止行的心一起跳，陸蒺藜一臉笑意，如同獻寶的孩子。「我特意挑的，很配你吧？」

伸手輕撫幾下，觸手升溫，倒還真是塊好玉。羅止行凝視著面前的姑娘，當即就把玉戴在了腰間，恰巧今日他穿了一件暗雲紋的月白長衫，倒也和玉珮相得益彰。

陸蒺藜收起眼底的滿意，戲謔地歪頭笑他。「堂堂荊國公，接受別人的禮物還真是不客氣。」

「陸姑娘送的，在下絕不客氣。」伸手在她頭上輕敲一下，羅止行抿唇笑，未說出口的話藏在了眼中。「妳都賴著我幫妳那麼多忙了，收妳一塊玉珮算什麼？」

自覺心虛，陸蒺藜捂著頭又與他笑言幾句，才帶著青荇離去。

目送著陸蒺藜走後，羅止行自然也沒有多停留，不多時，國公府門口又恢復了如常的樣子，馬車與行人交織走過，守門的小廝時不時交談幾句偷懶。

可是旁邊遠處的一座民宅後面，蕭明熹卻捏緊拳頭，倔強地控制著自己高揚起下巴，卻也掩不住一絲失落慌張。

「郡主，妳沒事吧？」擔憂地看著自家郡主，侍女問道。

低頭沈默了片刻，重新抬起頭時，蕭明熹臉上全然沒有了傷心。她回頭看了一眼陸蒺藜消失的地方，堅決地轉身往前走去，嘴裡憤憤地道：「不過一個男人罷了，能有什麼事情？父皇只有我一個女兒，達成我們來晉朝的任務才是最重要的！」

了解郡主的性子，侍女也不再多嘴，只是問道：「那郡主，關於陸蒺藜說的軍防圖呢？我們是否要跟丞相一起要來？」

「陸蒺藜是個草包，但她爹爹卻是實實在在的大將軍，手裡有軍防圖不一定是假話，明日找個機會再試探她一下。這份軍防圖是陸琇自己的用兵調度，應該只有他有，如果真有此圖，得想辦法從他身上取得。」

不再偷偷摸摸地跟著別人，蕭明熹的步子也放大了不少，路過一個茶攤時，將自己的斗笠扔進去。

「哎，妳什麼人啊，斗笠不要啦？」

回頭輕笑，高束起的頭髮隨風而擺，蕭明熹還是那個驕傲明媚的少女。「不要啦！」

翌日一早，青荇剛準備好洗漱的溫水端進來，就見陸蒺藜已穿好衣服坐在銅鏡前。這幾日下來，她已然習慣了小姐的早起。「小姐，來淨面吧。」

「青荇，動作快些，咱們吃點東西就出門。」用手帕擦拭乾淨水珠，陸蒺藜披散著頭髮坐好。

剛整理好床鋪過來，一邊幫陸蒺藜綰髮，青荇擔憂地看著鏡子裡的她。「小姐，妳說那郡主會上鉤嗎？」

「她一來相信我就是個無腦的草包，二來急切地要幫她的父皇立威，妳覺得她信不信我？」陸蒺藜勾唇輕笑，在青荇看不到的地方，眼中氣勢大盛。

略放下心點點頭，青荇拿起這幾日陸蒺藜習慣戴的素白玉簪，沒想到卻被她攔住。

取下她手心的玉簪，陸蒺藜瞇著眼笑，指向最花俏的那一套髮簪。「用這些，我們現在既然是京城無知少女，就該打扮得符合身分些。」

噗哧一聲笑出來，青荇在為她戴髮簪的時候，忍不住嘻笑。「那照小姐這意思，以前的妳就是京城無知少女啦？」

「好啊妳，連妳都敢笑話我了！」直接伸手撓向青荇的腰側，陸蒺藜等她求饒了才收手。

如今她身體大好，之前從宴會回來後那失魂落魄的模樣又實在嚇到了陸琇，故而這幾天陸蒺藜又沒人約束了。一早陪著陸琇用過早飯，陸蒺藜就大搖大擺地帶著青荇上街閒逛，一路朝著最繁華的市中心走去。

青荇沒有她那樣的閒情逸致，等陸蒺藜又一次被畫糖人的小販吸引注意力的時候，她終於沒忍住，伸手把小姐拽住。「小姐，我們就這麼隨便逛？不是來跟郡主見面的嗎？」

「青荇呀，現在是她急著想見我，她自會想辦法找到我，妳擔心什麼？」捏著青荇的臉，陸蒺藜將手中的蝴蝶糖人塞給她，又興致勃勃地央求小販做一個威風的靈猴。

看著自家小姐覺得新奇的側臉，青荇也只好嘆口氣，張嘴咬一口糖人入口的瞬間，化出一片甜膩。

可直到兩人逛完了一整條街，也沒見到預想中的人，反倒是錢包癟了不少，多了好些東西。哭笑不得地看著陸蒺藜從布行裡訂好布料出來，青荇已然放棄了今日跟蕭明熹見面的打算。「小姐，我們現在要回家了嗎？」

「急什麼？逛了這麼半天，我也該又渴又餓了。」看著前面不遠處的一座酒樓，陸蒺藜笑得狡黠，抬腳往前走。

小姐這是什麼話，渴了餓了就行，為何要說「該」？詫異地看著她，青荇將自己手中的包裹也交給布行的人，讓他們一起送回將軍府去，這才快步跟上陸蒺藜。

宛若閒庭信步地搖著一把新買的摺扇，陸蒺藜被人伸手攔住的時候，故作驚訝地用扇面遮住半張臉。「妳是何人，竟敢阻攔本小姐我？」

鮮少被人用這般不客氣的口吻對待，那女子高抬下巴，忍著內心的不悅。「陸姑娘，我是郡主的侍女，郡主在樓上與友人們吃飯，也請您一同上去。」

陸蒺藜在心中嗤笑一聲，面上卻是大為驚喜，當即恭維地往前。「真的？郡主在啊，那我可一定要去見見。」

「奴婢給妳帶路。」顧念著任務，那侍女硬是憋出笑臉，請她上樓。陸蒺藜猶嫌不夠給她添堵，故意搖著摺扇，問些蠢笨的話題。

終於捱到雅間，侍女片刻都不想耽誤地將陸蒺藜推進去。「郡主、幾位小姐，陸姑娘來了。」

「哼，有些人真是夠討厭的，什麼時候都要黏上來。」率先開口的，是已然和陸蒺藜結仇的祝姑娘。

掃視一圈眾位小姐們，陸蒺藜故意瞪大眼睛，無辜地看向最中間的蕭明熹。「咦？不是說是郡主請我來的嗎？我剛才逛街逛得好好的，壓根兒不知道妳們在呀！」

嘴角一抽，蕭明熹對著她彷彿還是尋常表情，可是那桌子下面的手指早就掐作一處。「是，我剛在窗外看到了陸姑娘經過，特地示意侍女請她上來的。」

見好就收，陸蒺藜笑著坐下來，懶得去糾結她的話，而是看向自己面前的一幅地圖。「哇，這是什麼呀？」

「這是我們金國與你們晉朝的邊界，我正在講我們那邊的趣事。」蕭明熹淺笑著解釋。

眼珠一轉，陸蒺藜露出蕭明熹想要的表情，敬佩又親暱地靠近她。「是嗎？那正好，我也想聽。小二呢？再上一盤五香花生來！」

「陸蒺藜，妳也太無禮了吧，是把郡主當成給妳說書解悶的了嗎？」這下，饒是林儷也忍不下去，言談之際有意無意地露出自己的扇墜兒。

陸蒺藜一眼就認出那原是寧思遠的墜子，看來她和寧思遠的發展也不慢嘛，也就是我朝民風開放，倘若是不許私相授受的時候，看她還得瑟什麼。

壓下腹誹，陸蒺藜故作單純地看向蕭明熹，十分為難地皺著眉。「這可怎麼辦，我就是愛吃東西聽別人講故事。」

「罷了，隨她吧。」更加肯定了自己對陸蒺藜的印象，蕭明熹強忍著不滿，繼續講著剛才的故事。「妳們看這裡，這是西州，那個女土匪的故事就發生在這裡，她與旁邊並州的一個富商少爺定了情……」

一盤五香花生如願端上來，還是沒剝皮的，陸蒺藜肆無忌憚地伸手揉搓，渾然不覺自己發出了很大的噪音，聽得甚是認真，其間倒是惹得蕭明熹青筋跳了好幾下，險些忘記自己編好的故事。

等終於口乾舌燥地說完一切後，她強忍著脾氣看向陸蒺藜。「陸姑娘，妳覺得這個故事怎麼樣啊？」

「嗚嗚，這個故事也太慘了，女土匪為何就不能和那富商之子長相廝守呢？」沒等陸蒺藜回答，祝姑娘就先抽噎著開口。

林儷也是面色淒然，態度比祝姑娘穩重許多。「他們畢竟身分對立，這樣的結局也是沒辦法。」

「陸姑娘，妳覺得呢？」連敷衍她們都沒興趣，蕭明熹緊盯著陸蒺藜的反應。

「我覺得，兩個姊姊說得都對啊！」故意亂扯一句，在蕭明熹的眼中浮現出狐疑的瞬間，陸蒺藜伸出手指，上面還黏著一小片花生皮。「就是這個地圖好像有問題，酉州和並州隔得很遠啊。」

還真是人傻無知，什麼就都敢說了，祝姑娘冷哼出聲。「這是郡主畫的，她還能畫錯？妳不懂就不要胡說，難不成妳見過金國和我們的邊境地圖？」

「妳怎麼知道我沒見過，我就在爹爹房中見過！」頓時面紅耳赤地反駁，陸蒺藜卻在話語脫口的瞬間捂住嘴，臉上是一片慌亂。「不對，我沒看過，都是我記錯了。」

果真是個繡花枕頭，蕭明熹不再多言，頗具深意地笑笑。

臉色慘白，陸蒺藜再也坐不下去，倉皇起身。「我想起來還有些東西沒買，得先回去了，郡主，妳們繼續玩吧。」說完之後，她連別人的應答都來不及等，轉身就走，差點撞到了門框。

「這個陸蒺藜，簡直是越發荒唐無禮，郡主可不要因為她掃了興致。」叫來小二收拾完她留下的花生皮，祝姑娘對著蕭明熹笑言。

把目光從窗外收回來，蕭明熹竟是直接捲起地圖站起來。「閒聊得也差不多了，本郡主先回去，妳們聊吧。」

撇下那群人，蕭明熹下樓，帶走守在門口的侍女，兩人一同往驛館的方向走去。

「那陸蒺藜出來後是什麼樣的反應？」

「很緊張慌亂，跟她婢女悄聲說了幾句後，那婢女也很慌張，兩人急忙走了。」侍女回憶著當時她們的神情，說完後又頗有些自得。

「郡主，看樣子陸蒺藜說的是真的，那畢竟是邊境軍防圖，平時少有人看過，更何況是她這種笨丫頭？定然是前幾日見了陸琇的佈防圖，才有了印象。」

基本暗合了蕭明熹自己的猜想，她皺眉仔細思索起來。「我們還能在長安城裡待多久？」

「明日是定好與丞相見面的日子，過了明日，最多只能再待六日，攝政王虎視眈眈，我們停留的時間越久，越有可能生變故。」侍女回道。

憶起自己爹爹身為皇帝卻不得不卑躬屈膝的樣子，蕭明熹神色更加堅定。「好，明日拿到丞相手上的軍防圖後，妳就想辦法去約陸蒺藜與我見面，陸琇手上的軍防圖，我也拿定了！」

天氣逐漸悶熱起來，儼然是到了暮春時節，陸蒺藜坐在院子裡寫信，距離她上次在蕭明熹面前故意指出那地圖的問題，已經過了四日。

「小姐，那郡主的侍女又來了，我們還是不見嗎？」從前院匆忙跑來，青荇擦著薄汗問道。自從上次見面，蕭明熹這已經是第三次派人來請小姐了，可是前兩次，小姐都找藉口沒有赴約。

吹乾信箋上的墨痕，陸蒺藜封著信追問道：「這次她提出的理由是什麼？」

「那侍女說，郡主請妳去喝酒，順便可以聊聊她和荊國公的往事。」紅唇輕勾，陸蒺藜知道，時候到了。「去回吧，就說我去，等我收拾一下妝容。」

「小姐這次要去了嗎？」青荇有些意外，隨即壞笑起來。「啊，想必是因為這次要聊國公大人吧？」

輕啐這沒上沒下的丫頭一口，陸蒺藜撐著下巴瞪她。「妳都在想些什麼？我問妳，她第一次約我的理由是什麼？」

「好像沒什麼理由，就說是請小姐喝酒吃飯。」

「那第二次呢？」

「第二次，我記得是說得到了一件好看的衣服，想要送給小姐。」

撐著下巴笑，陸蒺藜又習慣性地伸手捏捏她。「然後這一次，她說是要和我聊羅止行的往事，妳就沒發現什麼問題？」

「什麼問題啊？」

「真是個笨丫頭，她的理由越來越戳我內心，連羅止行都搬了出來，就說明她已經很急切了，很有可能快離開長安城了啊。」笑著站起來，陸蒺藜拿著桌子上的兩封信。「去，把這個沒封住的交給爹爹，這個火漆封好的暗地送給羅止行。」

吶吶接過來，青荇顯然還沒想通。「可是小姐為什麼要等她快離開長安城的時機才答應赴約？」

這般笨的丫頭，不愧是我陸府的。陸蒺藜拍著額頭催她快走。「因為時間越緊，心越急，她就越容易犯錯啊。行啦，別琢磨了，快去辦事！」

待陸蒺藜收拾好一切出門，跟著蕭明熹的侍女到約定的地方時，那印著陸蒺藜自己小印的信剛送到羅止行案頭。

「字可真醜。」尚未來得及拆開，只看到了封面，羅止行便先扯著嘴角笑。等看完了所有內容後，他閉眼沈思片刻，將信放在燭火上燒盡。這個陸蒺藜，倒也真是使喚起他來不客氣。

旁邊站著的長均看著羅止行，目光有些急切。「爺，是陸姑娘打算要行動了嗎，她需要我們做什麼？」

「你何時對她這麼殷勤了？」沒急著回答，羅止行收拾完灰燼，納悶地看過去。

回想起那日聽到的話，長均語氣十分欽佩。「我以前不了解陸姑娘，自從那晚爺與她密談後，她仍決心要阻止丞相賣軍防圖，我才知曉陸姑娘的難得之處！這樣聰明又勇敢的姑娘，世上不多見。」

差點被長均逗笑，羅止行搖著頭先讓人去安排了馬車，才拍拍長均的肩膀。「嗯，知道你敬佩那些將士，見不得有人給他們戳刀子，那如今，陸蒺藜還真有件事要你去做。」

「爺，你說，屬下一定完成！」

在長均耳邊低聲說了幾句，羅止行又再三叮囑，才目送他飛身離開，而後自己迅速換好一身衣服，出了府坐上馬車，朝著曲江的方向而去。

啪！

金風樓的三樓，蘇遇南沒好氣地摔下一個酒杯，臉黑得都要滴下墨來。「哪有你們這麼辦事的？現在甩給我這麼一筆爛事，讓我晚上生意都做不成！」

「那小妮子就這麼甩給我的，行了，也不至於太難辦，大不了事成之後，我再給你送來些好酒。」羅止行兩手一攤，難得有些低聲下氣。

他這樣子倒是險些逗樂蘇遇南。「嘖嘖嘖，看樣子，你是真的對這個陸蒺藜不一樣嘛。這樣吧，我也不要好酒，你帶她來我樓中，我請她吃飯啊。」

「我幫她，也是因為這件事是該做的。」嘴硬地反駁一句，羅止行想起陸蒺藜也提過想見他，當即就同意了。「等一切塵埃落定後，我便連她帶酒一起來找你。」

這才滿意地笑笑，蘇遇南丟開手中的酒杯，把樓中所有的姑娘們召集起來，不知說了些什麼。

而此時京城某間酒樓的另一桌飯局上，卻是賓客盡歡。

陸蒺藜三杯蜜酒下肚，雙眼就已經迷離起來。「郡主，我真的特別喜歡羅止行，不然我不會在大婚之日那樣鬧。妳不知道，自從大婚的時候鬧了那一次，這京城中所有的小姐公子，都看不起我！」

「那是他們荒誕可笑，只知道那些古板的禮法規矩，不懂真心的可貴。」強忍著心底的觸動，蕭明熹又給她倒一杯酒，眼中是說不出的焦急。「陸姑娘，妳還記得妳爹爹做的軍防圖嗎？」

仰頭將酒喝乾，陸蒺藜再挾了幾口菜吃。「我就看過一眼啊。對了，郡主，妳還記得羅止行都喜歡些什麼嗎？」

手指倏地蜷起來，蕭明熹移開目光，彷彿回憶著什麼。「他喜歡喝茶，各種茶都喜歡。平日裡還愛吃什麼看不出來，但是唯獨討厭蔥，不吃蔥。另外呢，偏愛玉石，不喜金銀。」

「原來是這樣，我都記住了。」重重點幾下頭，陸蒺藜臉上醉意更深，笑得露出幾分傻樣。「郡主能和他一起長大，我可真羨慕。」

強忍著內心的觸動，蕭明熹笑吟吟地為她倒酒。「我回答了妳的問題，妳也該告訴我了，妳家書房在哪兒？」

「書房……書房我知道呀！」瞇著眼跳起來，陸蒺藜又頭暈地跌坐下來。「就在我的院子往東走，走到一片小竹林那兒就是了。」

按捺激動之色，蕭明熹攔下她繼續比劃的手。「那平日裡，守衛怎麼樣？」

「自己家，守衛什麼！」不能繼續喝酒，醉鬼陸蒺藜顯然不高興，急切地想撥開她的手。「平日裡只有爹爹會進去罷了，若是爹爹不在，那就沒有人在了。」

終於移開手，蕭明熹看著外面已然是濃黑的夜色，若有所思。喝完最後一杯酒，陸蒺藜閉著眼趴在桌子上，似乎還在嘟囔些什麼。

推幾下陸蒺藜的胳膊，蕭明熹高聲叫道：「陸姑娘，妳還好嗎？」

「喝酒！」猛地又坐直身子，陸蒺藜合著眼喊一嗓子，又重新倒了回去，已然是完全不省人事了。

長吁一口氣放下心來，蕭明熹走到門口，將自己的侍女和青荇一起叫了進來。「陸姑娘喝醉了，我們送她回去吧。」

「唉呀，小姐怎麼喝了這麼多酒！」青荇皺著眉衝上去，拍著陸蒺藜的後背。「郡主，您也該攔著點啊。小姐每次喝了酒就不記得事情，還要累得將軍照顧，這樣回去，等明日酒醒，將軍定會責備她的。」

這話倒是惹了蕭明熹侍女的不滿。「哪有青荇姑娘這樣說話的，這酒難不成是我們郡主硬灌給她的？」

「不准多言！」厲聲喝退侍女，蕭明熹上前，親自與青荇一起扶住陸蒺藜。「本郡主此前不了解陸姑娘的酒量，因此才讓她多喝了，她當真會什麼都不記得嗎？」

「奴婢騙您這個做什麼？就是因為小姐喝醉酒不記事，將軍才不准她貪杯的。」攙扶著陸蒺藜往外走，青荇此時的語氣才稍微和緩些。「方才奴婢情急下胡言亂語的，郡主莫要掛懷。」

再次得到青荇的確認，蕭明熹心中更為竊喜，哪裡還會責怪她方才口吻的不客氣。迅速坐上馬車來到將軍府。

剛扶著陸蒺藜走進將軍府沒幾步，聽到小廝通傳的陸琇就趕忙跑了過來。

「怎麼喝了這麼多？快去煮些醒酒湯來！」接過醉得不省人事的女兒，陸琇難堪地對蕭明熹笑笑。「真是對不住啊郡主，這丫頭給妳添麻煩了。」

看到陸琇眼底的焦急，蕭明熹笑著回道：「無妨，先將陸姑娘扶進去吧。」

再三朝蕭明熹歉疚地點點頭，陸琇這才與青荇一起帶著陸蒺藜往她的房中送去。

注視著陸琇忙亂的身影，蕭明熹暗垂下頭，心中突然在想，要是父皇也能夠像陸琇一樣疼愛女兒，而不是時常為沒有兒子嘆息，該有多好。

「郡主。」

侍女察覺到了蕭明熹情緒的浮動，輕聲喚了她一句，拉回蕭明熹的神智。將那些不必要的情緒都趕走，蕭明熹笑著往前，迎向又從陸蒺藜房裡出來的陸琇。「陸姑娘還好嗎？都怪我，不該給她喝那麼多。」

「哪裡能怪郡主，是小女不知節制，老夫已經扶著她躺下休息了，不礙事的。」陸琇客氣地回道。「多謝郡主送她回來，眼下時間也不早了，我送郡主出去吧。」

尚未等蕭明熹表態，房中突然傳來陸蒺藜嘔吐和丫鬟驚叫的聲音，陸琇跟著擔憂地回頭，蕭明熹立馬理解地開口。「無妨，將軍去照顧陸姑娘就好。」

「這個丫頭，真是被我慣壞了。」陸琇無奈地叫來一個小廝。「那便讓他送郡主出去吧。」

笑著點點頭，蕭明熹轉身跟上小廝的腳步，然而走出陸蒺藜的院子後，路過一個昏暗些的地方，蕭明熹伸手出掌，直接劈向小廝的後脖子。

兩眼一翻，那小廝無聲地軟軟倒在一旁，與侍女一起，蕭明熹將他拖到一邊的草叢裡藏好。

「郡主，現在要行動了嗎？」侍女看著蕭明熹蒙上面紗，準備就緒，低聲問道。

黑夜中點點頭，蕭明熹的眼睛越發明亮，陸琇一心照顧陸蒺藜，現在是最好的時機。「妳不會武功，先去外頭等我，我很快出去跟妳會合。」

「是，郡主一路小心。」侍女叮囑一聲，隨即若無其事地鎮定朝著出府的方向走去。

另一頭，按照陸蒺藜的指示，蕭明熹很快摸到了陸琇的書房，在外圍屏息等了片刻，竟然真的沒有守衛，當即推開窗跳進去。不敢點蠟燭，她只好摸出一個小的火摺子，藉助微弱的火光尋找。

翻遍了陸琇案桌上的東西，也沒有找到想要的軍防圖，蕭明熹沈著氣一轉頭，視線移向一旁架子上的一個小盒。立馬過去打開，果然是軍防圖！驚喜地把它收在自己懷中，蕭明熹將桌上的東西全部放回原處，翻身出來。

一切都很順利，以為自己全然得手的蕭明熹鬆下一口氣，正打算越牆離去，可就在這時，她心頭突然有些慌張，憑著直覺往右一躲，只聽唰的一聲，另一個蒙面人落在了剛才她站的位置，手中還拿著一柄短刀。

心下駭然，蕭明熹下意識想跑，可那人的動作比她更快，武功也比她好，輕易逼得她節節敗退，不多時，她的胳膊上就多了一道傷口。

鮮血從刀尖滴下，那蒙面人似乎停頓了一下，又快速舉刀上前，逼著蕭明熹往他想要的地方退。

不過交手了一、兩下，蕭明熹就知道自己絕非是面前這個人的對手，可是不知為何，明明蒙面人輕易就可以制伏她，卻並沒有這麼做，讓她只能捂著傷口往外逃。心中的不安卻越來越深，直到背抵上了將軍府的正門，聽到了門外街道上喧鬧的聲音。

雙目在瞬間瞪大，像是印證蕭明熹猜想似的，那蒙面人翻掌而來，直接將她連同門板一起推倒！

轟然一聲，蕭明熹摔在了大街上。明明是晚上，外面不知為何聚集了一堆人，他們個個提著燈籠笑語著，彷彿是元宵節晚上出來賞燈般熱鬧。蕭明熹就這麼摔在了眾人面前，還半晌爬不起來。

一直守在門口的侍女連忙擠開人群將她扶坐起來，不敢暴露蕭明熹的身分，只好低聲問：「小姐，妳沒事吧？」

「怎麼這麼多人！」捂著腹部，蕭明熹看著周圍的一圈人，一時也慌了神。

那侍女眼下更是慌亂，忍著哭腔搖頭。她也不知道，剛出來就看到了滿街的人，正想回去提醒郡主時，將軍府的門就再也推不開了，再接著，就看見蕭明熹摔了出來。

巨大的響動吸引了所有人的注意，一時間所有人都停下來圍著她們議論紛紛。

「這是將軍府的誰啊？怎麼就這麼摔出來了？」

「嘶，還用布蒙著臉，該不會做了啥見不得人的勾當吧？」

眼看著人們越來越多，蕭明熹強撐著身體站起來，眼下先離開這裡才是最要緊的，可是事情的發展，又哪裡能如她所願？

「這不是郡主殿下嗎，您為何在這裡？」逆著燈光，羅止行不知何時到了她面前，含笑說出口的一句話，卻讓蕭明熹的心落入了冰窟，她中計了！

而圍觀的百姓們，則是一瞬間炸開了鍋。

「郡主？金國的那個郡主？」

「可不是她！她怎麼一身是傷地從將軍府出來？」

一切安排得剛好，在這個問題拋出來的瞬間，將軍府中原本不見人影的侍衛們一起高喊著衝出來。

「抓刺客！將軍的軍防圖被偷走了！」

震天的喊聲中，百姓們明白了一切，看向蕭明熹的眼神頓時翻湧出憤恨，而蕭明熹則深深望了羅止行一眼，認命般地閉上雙眼。

門外的聲音從喧沸，又逐漸歸於平靜，院內的陸蒺藜，此時則是終於完全放下心來，放任自己僅存的一絲神智陷入混沌黑暗。

第八章

第二日一早，程定連龍袍都沒有穿好，聽到李公公說起昨日將軍府發生的事情，頓時驚得險些摔倒。

推開為他穿衣服的宮女，程定走出來質問李公公。「你剛才都說了什麼？昨夜到底怎麼了？」

「昨日金國郡主去陸將軍府上偷軍防圖失手，被人打了出來，結果被周圍遊玩的百姓發現，還有荊國公也碰巧路過。郡主目的暴露，激起了百姓的憤怒，直接擁堵在驛館和京兆府衙門口要說法。」臉色同樣難看，李公公簡單複述一遍狀況。

程定聽完後卻還是一頭霧水。「都是怎麼回事？陸琇何時也有軍防圖了，怎麼還被眾多百姓給撞見了？」

分不清程定現在是疑惑多些還是憤怒多些，李公公越發佝僂著腰。「具體情況還不知曉，不過百姓的陳情也傳到了官員那兒，現下，荊國公、陸將軍，還有郡主都已經在重英殿候著了，陛下可要去見？」

「當然去見，還不過來給朕更衣！」程定面色陰沈，叫來宮女繼續。「朕倒要看看，誰在壞朕的好事！」

挾著怒氣到了重英殿，程定在龍椅上坐好，看著地上跪著的眾人。「說，都是怎麼回事！」

「回稟陛下，昨夜微臣去將軍府的時候，意外見到郡主被府中侍衛打出來，原因是郡主偷了陸將軍的軍防圖。」羅止行率先開口，聲音平緩，彷彿只是在陳述事實。

目光在幾人身上轉幾圈，程定抬手讓他們先都站起來，才面無表情地看向陸琇。「陸將軍，邊境軍防圖不是在朕這裡嗎，你何時又多了一份軍防圖？」

他倒是永遠沒變，對於下屬的猜忌之心永遠是第一位。忍著心底的冷笑，羅止行轉頭看向陸琇，目光略有些擔憂。

陸琇卻看起來很是淡定，將那份本已被蕭明熹拿走的軍防圖呈上來。「陛下不如先看看這所謂的軍防圖是什麼。」

「拿上來。」示意李公公交給自己，程定打開看了片刻，便驚訝地瞪大眼睛。「這……」

「陛下也看到了，這壓根兒是小女亂寫的東西，老臣在邊境的所有部署都盡在陛下掌握之中。」陸琇何嘗不清楚程定的疑心，強壓著心底的悲涼解釋道。

而在他話音落下的瞬間，自昨夜再沒說過話的蕭明熹猛然抬起頭，滿臉的難以置信。

程定同樣是分外詫異地看過去。「你女兒？陸蒺藜寫的？」

「回陛下，正是如此。這不過是小女偶爾無聊在老臣書房中隨便畫的一張地圖罷了。當時老臣與她戲言，說這可以當成邊境的軍防圖，沒想到被家中侍衛斷章取義聽了去，昨夜發現賊人得手，一時驚慌才會那般喊出來。沒想到，小女當時隨手之舉，卻讓一個狼子野心之輩露出真面目。」

這樣的說法，把程定架在了一個尷尬的位置，脾氣都不知道該不該發，恨恨地看一眼旁邊的蕭明熹，都是這個金國蠻夷女子惹的禍事！

這般想著，程定只好咬牙轉動扳指。「金國郡主，妳可還有什麼要說的？」

「臣冤枉，求貴朝皇帝作主。我昨日的一切行為，都是陸蒺藜所誘導，倘若這軍防圖是陸蒺藜所做的話，那就更加能證明從頭到尾都是她在陷害我，我請求與她對質！」目光不經意地掠過羅止行，蕭明熹跪下來，矛頭直指向未在場的陸蒺藜。

雙目瞇起，程定又來回翻幾下那假的軍防圖，而後看向李公公。「准了，召陸蒺藜進宮對質。」

聽到程定這樣的命令，蕭明熹高昂起頭，迫不及待地想讓那個算計自己的女子付出代價。而陸琇與羅止行，則是心微沈。

半個時辰後，陸蒺藜被帶入這重英殿中，可隨之而來的，還有滿身酒氣。只見她雙目赤紅，穿的衣服也很凌亂，顯然是宿醉都沒醒就被帶來了。

「大膽陸蒺藜，妳這樣見駕，成何體統！」饒是坐得遠了些，程定也聞到了些許氣味，對這個本就印象不好的女子，自然更為嚴厲質問。

那陸蒺藜卻是分外委屈地叩頭，本就通紅的眼睛更顯可憐。「陛下恕罪，臣女醉成這樣，都是郡主所賜。臣女昨日還以為郡主只是單純設宴與臣女聊天吃飯，沒想到她包藏禍心，故意將臣女灌醉而後侵入府中書房盜圖，萬幸那圖是假的，不然臣女罪過就大了，請陛下明鑒！」

「哼，妳們倆倒是各執一詞。」冷哼一聲，程定不耐煩地敲幾下桌面。「金國郡主，人到了，妳不是要對質嗎？」

蕭明熹忍著滿腔的怒火，對程定一拜，才轉向陸蒺藜。「陸姑娘可真是好手段、好心思，這件事明明是妳故意設陷阱引誘我上鉤的，妳可認？」

「臣女……不認。」黠然一笑，陸蒺藜對著她站直身子。「明明是郡主要偷我家軍防圖，還偷了個假的，如今倒要怪在我頭上？」

被氣得牙癢癢，蕭明熹壓抑著脾氣冷笑。「好，那我們就從頭開始說，定要讓妳露出狐狸尾巴！妳敢說，將軍府軍防圖的存在不是妳故意在我面前洩密的？在茶坊主動提到此事，妳分明就是為了引誘我去竊取軍防圖！」

瞬間提起興趣，程定陰鷙的目光落在陸蒺藜臉上，沒有錯過她表情的絲毫變化。

「郡主說的開頭就不對，」陸蒺藜絲毫不慌亂，反而是更加委屈。「說起來我也不知道呢，郡主到底是如何知道這個假軍防圖存在的？」

被她這裝出來的無辜樣子氣急，蕭明熹口不擇言。「我還偷偷跟蹤了妳一路，把妳跟妳家那丫鬟談論軍事機密的話聽得一清二楚！」

「妳看，是郡主妳自己偷聽的啊，怎麼能反怪在小女子頭上？難不成我還押著妳要妳來偷聽了？」在她話音落下的瞬間，陸蒺藜開口反駁。

瞬間被噎住，蕭明熹瞪大了眼睛，卻是無從辯駁。「妳！」

「那就當是我故意說給妳聽的好了。」立馬奪過主動權，陸蒺藜往前一步。「可是郡主，妳偷聽到之後呢？又是我叫妳去盜圖的嗎？」

垂眸站在一旁，羅止行看起來雲淡風輕並不在意的模樣，可心底卻是一陣好笑，方才緊繃的身軀也是放鬆不少。

「當然是妳！是妳一步步撒餌，讓我得知軍防圖的所在。」察覺到目前的狀況不對，蕭明熹越發急躁。「陛下，本郡主所言屬實，陸蒺藜刻意營造假軍防圖的存在，當日在場的許多官家小姐們都能當人證，陛下大可以去問問。」

看來再驕傲聰明的人，身處逆境也會說些蠢話，陸蒺藜冷靜回道：「郡主這話就更可笑了，當日在茶坊的聚會明明是妳把我叫去的。找人證也好啊，就好好問問她們，我到底是怎麼見到郡主，又是怎麼說話的。」

回想起那日的情景，蕭明熹面色一滯。「那妳為何在指出酉州和並州的位置後，立馬慌亂地想走，難道不是故意失言洩密？」

「當然不是，我是突然想起忘記買東西了啊！」陸蒺藜回得毫不猶豫。「我當時發現忘記給丫鬟訂衣服了，這才急急離開，去了布行一趟，布行的人也能為我作證啊！」

只看著蕭明熹的臉色，程定就知道了，陸蒺藜所說的都是實話，可他沈默片刻，卻注意到了另一個問題。「陸蒺藜，妳為何知道邊境城鎮的地理位置，妳可不像是對這些感興趣的人吧？」

「回陛下，臣女沒有學識，確實不是這種人。」坦承自己的缺點，陸蒺藜偏頭一笑。「可是臣女愛玩啊，平日最愛看遊記了，近日看的遊記上恰好寫了這兩個地方，若是陛下不信，臣女可以將書找來。」

凝眸想了片刻，程定擺擺手，示意她們繼續。

陸蒺藜轉向蕭明熹，笑容更加擴大幾分。「都說到這分兒上了，郡主接下來總不會說，妳灌我喝酒也是我故意的，進入將軍府也是我故意開門的吧？難不成郡主是我的提線木偶，我腦子裡想一想，妳就去做了？」

三言兩語，竟然就把自己的責任摘得一乾二淨，全然成了自己聽信假消息，才會盜假圖又失風被捕。蕭明熹怒火中燒，憋屈至極，突然想起了另一件事，她轉身指向羅止行。

「妙，真是妙極。可是陸蒺藜，妳還是少了一個解釋，他荊國公是怎麼恰好出現的？那幫百姓，又是怎麼那麼恰好出現在妳將軍府的門前的？這些安排難道也跟妳無關？」

笑容瞬間僵住，陸蒺藜看著羅止行，糾結地咬住下唇，並不搭話。

自覺找到了陸蒺藜的漏洞，蕭明熹勾唇冷笑。「妳解釋不通了吧？這一切都是妳安排好的！」

「這件事，臣女確實解釋不了。」我見猶憐地看過去，陸蒺藜紅著眼吸鼻子。「因為臣女也不知道，國公大人和那些百姓們是怎麼回事。」

這個小妮子，又故意坑我！在心中記上一筆，羅止行頂著所有人的目光站出來。「回陛下，這件事，微臣可以解釋，昨日的那些百姓大多和微臣一樣，是……曲江那邊青樓的顧客。」

「什麼?!」饒是程定也沒辦法淡定了，拍案而起。

唯有陸蒺藜低垂著頭忍笑，憋了好久才控制住肩膀的抖動。

眼角微抽，羅止行彷彿十分難以啓齒地皺眉開口。「昨日微臣去那邊聽曲，但是不知哪裡傳來的流言，說是晚上會有仙女降臨，恰好就是在將軍府那邊的街道。現在想來，可能都是那些青樓的噱頭，但當時大家都當了真，一擁而上想目睹仙女真容。」

「朕倒是不知道，你還有這樣的風流習慣。」對於羅止行，程定內心本就希望他是越荒唐無用越好，如今聽到這種消息，不禁哂笑著坐回去，不欲追究。「罷了，少年風流，朕也能理解。」

原來那般愛惜羽毛的人，也會為別人給自己身上潑髒水。蕭明熹從震驚中回過神來，大笑著搖搖頭。「真好，都是我活該，都是我偏聽偏信、居心不良了。可是陛下，您不覺得，一切都太巧合了嗎？」

呼吸在瞬間一滯，羅止行收斂目光，後背卻暗自挺直。

蕭明熹說得沒錯，雖然陸蒺藜全然辯駁清楚，可也都太巧了，程定本就是個多疑之人，如今事情太合理，他有可能反而不信了。

「可是沒辦法呀，世事就是無巧不成書。」陸蒺藜卻像是沒有察覺到凝重的氣氛似的，依舊笑得沒心沒肺。「倘若這些不是巧合，如同郡主所說，都是我在針對妳所設計的，那我的目的是什麼？」

瞬間抬起眼皮，程定看著言笑晏晏的陸蒺藜，陷入沈思。

而另一旁的蕭明熹，也是憋紅了臉頰答不出來。

對啊，假如就是陸蒺藜故意讓她偷圖之事暴露，目的又是什麼呢？她身為鄰國郡主，又是以使節身分前來，無論如何程定也不會將她抓捕治罪。

也就是說，只是從個人恩怨的層面，就算陸蒺藜要對付她，也絕不會用這種方式，除非……是她知道她和大晉背後的交易，因此有意阻止……

頓時止住了自己的猜想，程定瞇眼看向一直沈默不語的陸琇，意識到這件事不能再細究了。

清了清嗓子，程定站了起來。「行了，這件事就這麼算了，既然圖是假的，那自然盜圖與丟圖的人都無罪，朕會下令解釋清楚，退下吧。」

「陛下！」羅止行卻在瞬間站了出來，面容有些猶豫。「這般草率處理，恐怕不太好。」

就在羅止行話音落下的瞬間，殿外的李公公捧著一摞奏章上來。「啟稟陛下，御史臺的許多大人送了摺子，想要您處置金國郡主。」

「這幫脾氣臭又不懂變通的倔老頭！」不用看程定就知道上書的都是些誰，心煩地扔開那些奏摺。整天只知道所謂的骨氣，卻罔顧事實，如今哪裡能隨意得罪金國？

羅止行眉色淡淡，他知道，其他的安排都是羅叔去聯絡的，父母無法保護他長大，但還是留下了一些有力的人脈，拿些家國大義去激，那些言官自然衝動上奏。

刻意等了許久，察覺到程定的眉頭皺得越來越深，羅止行才猶豫著往前一步。「陛下，微臣有個主意。」

「說！」即便程定，也難以用強力手段鎮壓百官和百姓的聲音，如今見到羅止行有辦法，立馬抬手示意。

沈吟片刻，羅止行才慢吞吞開口。「現在無論怎麼說，郡主偷圖一事是板上釘釘的，對於民眾的激憤之情，微臣認為最好的辦法，就是徹查使團上下，假如沒東西就罷了，真有東西也沒收，百姓們自然也就沒聲音了。」

低著頭，陸蒺藜強壓著心中的忐忑，等候最後的結果。

徹查使團……隔空與李公公對視一眼，程定在香料都快燃盡的時候，終於閉眼下旨。「荊國公乃發現此事之人，這件事就由你去辦吧！率領鴻臚寺去搜查，搜查結果明日就呈上來，準備兩份，另一份一同交由金國皇帝。記住，兩日後使團離開長安，無故，不得扣押。」最後一句話，程定是看著羅止行一字一句說完。

總算是折騰完了這件事，程定捏著眉心，揮手讓眾人退下。「就這樣吧，吵得朕心煩。」

李公公最是能體會聖心，立馬便請眾人都退出去。離開重英殿之後，又搶先羅止行一步，行禮道：「國公，那咱家就先去鴻臚寺傳詔了。」

「有勞公公。」客氣地與他道別，羅止行轉過身來與陸蒺藜雙目對視，皆是暗自吁了口氣。

宮道上的四個人，一時陷入複雜的沈默之中。

還是蕭明熹最先開口，聲音嘲諷至極。「陸姑娘真是好手段，妳知道我和丞相的交易是吧？」

雖說是問句，她的語氣卻是肯定的。陸蒺藜低著頭笑，眼中卻是一片冰涼。「郡主，有些東西不能放在明面上講的，即便彼此心知肚明，也得一起裝傻。」

「呵，我到底還是比不上你們晉朝人，你們的心機，我真是領略夠了。」

認真搖搖頭，陸蒺藜對上她的眼睛。「其實這個局從頭到尾都很簡單，只不過是郡主過於驕傲自信，輕視我才導致這樣的結果罷了。」

壓根兒不再去看她，蕭明熹轉頭往前走，冷冷丟下一句話。「不是說要去查我使團嗎？」

「妳放心，我會處理好。」低低與陸蒺藜耳語一句，羅止行與陸琇行禮後離開，快步跟上蕭明熹的腳步。

眼下終於只剩下他們父女兩人，陸蒺藜梗著脖子看向一直黑臉的陸琇。「爹爹……」

陸琇今日一直十分沈默，或者說，從昨日看到陸蒺藜給自己留下的信，他就未曾多言。此時看著女兒的笑容，陸琇嘴唇輕動，卻也只嘆出一句。「先回家吧。」

「爹爹，都是女兒不好，明明答應你不再惹事的。」一回到將軍府，陸蒺藜就忙攔下他，可憐兮兮地求饒。「這次還是惹了麻煩，爹爹請罰我吧。」

看著眼前的女兒，陸琇卻是百感交集，長嘆一口氣。「妳跟我來。」

壞了，這下是真的要挨罰了。一路跟著陸琇到了家裡的祠堂，陸蒺藜跪在蒲團上，仰頭看著眾祖先的牌位，心中有些發愁。

陸琇卻全然不管她，逕自去點燃了三炷香，鄭重地拜了三拜，才揮袖起身，轉向陸蒺藜。「小藜，妳以一己之力阻攔叛國大事，爹爹以妳為傲。」

意料中的責備並沒有發生，反而是鄭重其事的誇讚，陸蒺藜睜圓眼睛，一時有些發懵。

「我陸家世代忠貞，即便是身處貧困的環境，也絕不改其心志。軍防圖關乎國家安危，雖然我並不贊成妳獨自一人去解決，但為了蒼生社稷，妳能如此挺身而出，為父亦感欣慰。」

仰頭看著前面滿滿當當的牌位，陸琇這才有了一絲笑容。「得女如此，我亦無愧祖先。」

看向爹爹欣慰的側臉，陸蒺藜卻有些羞愧地低下頭，她從頭到尾都只是為了自己和陸家罷了，哪是為了什麼蒼生社稷。「爹爹……」

「小藜長大了。」摸摸她的頭頂，陸琇遞過來另外三炷香。「也去祭奠一下祖先吧。」

順從地拿過來，陸蒺藜也不急著解釋了，目光在牌位上一一掠過，在祖父的牌位上停了片刻，拜過後將香插上去，陸蒺藜心中默念：列祖列宗在上，一定要保佑我能夠阻止悲劇，讓陸家和我都能平安一世。

「好了，拜完了，就先回去吧。」陸琇眼神複雜，等陸蒺藜拜過後就催她離開。「爹爹想在這裡多待一會兒，妳先去休息。」

本還想和爹爹再聊幾句，觸到他眼睛的瞬間，陸蒺藜卻嚥下口中的話，被推出祠堂後，她回頭看了一眼爹爹沈默的背影，而後一人先回了房。看來皇帝主使賣軍防圖的事情，對他是個不小的打擊。

「小姐，妳回來了，事情都辦妥了嗎？」

陸蒺藜剛回了自己院中，青荇就迫不及待衝出來追問。

也就是她還能讓自己輕鬆些了，被青荇的樣子逗笑，陸蒺藜笑著點頭。「應當沒事了，羅止行親自帶人去驛館搜查，到時候把軍防圖收回來就好了。」

「太好了，他們一定還沒有把軍防圖送出京，咱們行動迅速出其不意，一定可以順利收回，軍防圖等於就只是在驛館放了幾天，完全沒有洩密呀！」

青荇拍著手笑，眼睛都眯成了縫。

可是陸蒺藜卻有些笑不出來，敷衍地對著青荇笑笑，轉身躺在了床上。

「小姐，妳怎麼了？」察覺陸蒺藜的心情並沒有那麼開心，青荇有些不解，蹲在床邊問道。

搖搖頭，陸蒺藜把手掌在自己眼前張開。「我也不知道怎麼回事，大概是這幾日機關算盡，有些累了吧，總感覺心裡空落落的，並不踏實。」

並不是很能理解陸蒺藜的這種心情，青荇默默站起來。「那要不，小姐現在先睡一會兒？」

「好啊。」笑著拉下被子，陸蒺藜昨日大醉的頭又開始疼了起來。「青荇，走的時候把門給我闔上吧，若是我沒起來吃飯，也就不用叫我了。」

乖巧地點頭，青荇又幫她將帷幔也放下來，在門口等到床上的人呼吸漸漸平穩了才出去。

剛輕聲闔上門出來，沒想到院子裡竟然還站著一個人，青荇連忙迎上去。「將軍，小姐有些睏，先睡了。」

「嗯。」陸琇點頭，身形卻沒有動，就這麼站在原處，定定看著緊閉的房門。

青荇等了片刻，也不見陸琇有什麼吩咐，只好福福身子準備離去，沒想到她剛動，陸琇卻又開口了。

「妳在這兒守著吧，我要出去一趟，若是小姐問起來，不要多言。」

青荇聽話地沒有多問。「是。」

轉頭看著這個丫鬟，陸琇將複雜的思緒藏起來，對著她和藹地笑笑。「青荇，我一直很感激妳忠心地陪著小藜，有妳在，我也能放心很多。」

此話一出，卻是嚇得青荇立馬跪了下來。「青荇能有今日，全憑將軍和小姐憐惜。當年若不是有小姐，青荇早就被賣到那骯髒地方去了，照顧小姐是青荇的分內之事，不敢居功。」

「好，快起來吧。」知道青荇所說的一切都是出自真心，陸琇偏又嘴笨，除了扶她起來，也說不出什麼漂亮話，只能重重拍幾下青荇的肩膀，而後轉身離開。

怎麼感覺將軍怪怪的？詫異地看著陸琇走遠，青荇搖頭把奇怪的感覺甩去，回到陸蒺藜門口守著。

而另一邊的羅止行，則是出宮後就直接去了驛館，當著全城百姓的面，長均帶著鴻臚寺的侍衛入內搜查。

負手站在驛館門前，羅止行沈默地看著裡面搜查的官員，似乎在想著什麼。

「陸蒺藜說得不錯，我此前確實看不起她。」對面的蕭明熹突然開口，沖淡了些空氣中的冷漠。「可是我還是不相信，你真的喜歡她。」

目光這才集中在她身上，羅止行眉間鬆動一些，依稀想起了年幼時蕭明熹在自己面前舞劍的張揚模樣。「許多人都不了解她，她本就不是表面上那般無腦魯莽的樣子。」

「呵，已經領教了。」冷哼一聲，蕭明熹轉頭也看著裡面搜查的人，豔麗的面龐閃過些憤恨。

垂眸想了片刻，羅止行突然歉意地頷首，開口道：「或多或少地利用妳對我的情意來擾亂妳的心緒，我很抱歉。」

像是沒有想到他會這麼說，蕭明熹揚起眉毛，神色也認真幾分。「你不必向我道歉，當年我離開長安城時，不也利用過你一次嗎，雖然並沒有成功。」

當年她離開時，曾以想要再逛逛長安城的名義將羅止行約出去，但實際上卻是表面遊玩，主要目的是跟他探聽他爹爹曾定下的一些軍政，以及他爹爹舊部的名單，只不過羅止行又是如何聰明的人，三兩句就戳穿了她。

也就是在那個時候，羅止行明白了他們倆日後對立的立場，抹去了對她僅有的一些好感。

從回憶中抽離，羅止行面色陡然轉冷，側立在一邊不再多言。

「我從來沒有後悔過我的所有舉動，荊國公，金國百姓和父皇才是我最在意的事情。我背負著金國郡主的責任，必須為他們謀利。」看清楚了羅止行的表情變化，蕭明熹強迫自己高揚著下巴，彷彿還是從前那個驕傲的郡主。

嘴唇動了幾下，淺淡一笑，羅止行又是那疏離有禮的國公大人。「郡主自然有自己的立場。」

心底的抽動卻再也壓不下去，明明年少最艱難的歲月，是他們惺惺相惜互相扶持的啊！蕭明熹終於控制不住自己，往前一步。「可我還是想要問一句，當年，若是我並不是這個身分，你會喜歡我嗎？」

抬起眼皮，羅止行眼眸清潤，語氣溫柔，卻又堅決得涼薄。「不會。」

「……說得也是，與我相逢之際正是你最無助的時候，你這般清醒的人，又怎會在那種時候生出別的情緒。」意料之中的回答，蕭明熹臉上的笑意更加擴大，卻讓人覺得難過。

羅止行卻搖頭。「與這無關。」

面容一僵，蕭明熹呆愣片刻後，捂著肚子大笑，連腰都直不起來，眼角也笑出了淚水。「你竟然連這樣的安慰都不願意給我，哈哈，羅止行，你還真是心狠。」

沈默地看著她，羅止行與她相隔不過幾步，卻又像是不可逾越的鴻溝。

「可是羅止行，我也不是什麼寬容之人。」一抹眼淚，蕭明熹站直了身子。「這次在你和陸蒺藜身上栽了跟頭，我不會善罷甘休的。有朝一日，我定會讓你們也難過一次。」

驛館裡搜查的人已經漸漸停下了行動，羅止行整理衣領後朝著他們走去。越過蕭明熹的時候，一陣風吹過，帶著他的衣角與她的纏繞在一處，卻又在瞬間分開。

風停下的瞬間，似乎還落下了一聲近乎察覺不到的嘆息。

「怎麼樣？」走到長均面前，羅止行輕皺著眉發問。

長均卻面色一片凝重，咬著牙搖頭。「爺，仔細看過了，沒找到軍防圖。」

這怎麼可能？雙目在瞬間瞪大，還不等羅止行質疑，他就看到了隊伍最後面走出來的李公公，乍然想通了一切！

一定是李公公，暗中先一步找到圖藏了起來。

察覺到了射向自己的目光，李公公笑著走近羅止行，手上還拿著一疊壓根兒沒有什麼大礙的文書。「稟國公大人，咱家還真的搜到了他們探聽消息的文書，您是立了件大功啊！」

「是嗎？能搜到這些，還真是不容易。」冷眼看著他，羅止行似笑非笑地回答。

就像是壓根兒聽不出他言下的譏諷，李公公眉開眼笑地行禮，又帶著眾人去門口圍著的百姓面前炫耀這次的「戰果」。

百姓們只當真的搜查到了很重要的東西，當即興奮歡呼，為他們這次共同的努力成果慶賀。

紛雜的笑語中，羅止行也遠遠看到了蕭明熹得意的表情。縱然再怎麼冷靜，面對這種竹籃打水的結果，又怎能真的甘心？

「我們走。」狠狠一甩袖子，羅止行轉身帶著長均離開。

陰沈著一張臉回到國公府，羅止行還沒有來得及發作，羅叔就先一臉緊張地迎上來。「主子總算回來了，府裡來貴客了。」

何人這般有面子，還能讓羅叔用到「貴客」這個詞？羅止行有些納悶。「是誰？」

「陸姑娘的爹爹陸琇將軍，正在前廳等著你。」本是一臉歡喜地衝出來的，可是看清楚了羅止行的表情，羅叔也稍微收斂。

沒有料到陸琇會來，羅止行凝眉快步走到了前廳中。剛與陸琇寒暄幾句，就遣了所有下人們退離，也不知兩人都說了些什麼，半個時辰後從前廳裡出來，兩人的面容都算不得好看。

「止行，那就拜託你了。」沒有讓他多送，陸琇回頭抱拳。

強打著精神笑笑，羅止行目送著他離去後，卻是瞬間冷了神色，未等說些什麼，長均正好從外面回來，他立即問道：「長均，可曾查到什麼？」

方才羅止行離開驛館後，長均也朝著皇宮的方向去獨自執行任務了，現下氣息還沒有平復，主子一問，他低聲回道：「在宮中採買太監進出的老地方，果然又出現了一封密函。」

隨著他的話，伸過來的手心裡多了一封比手心還稍小些的密函。羅止行皺眉接過來，進到書房裡小心拆開。

「宮裡的這個神秘人還真是厲害，每次都能在緊要關頭給咱們送出消息，只是到現在還不知道是誰，倒讓人有些不安。」在羅止行看信的時候，長均站在一旁嘀咕。

看完了密函中的內容，羅止行閉上眼睛，平復著自己的些許怒氣，聽到長均的念叨後，慢慢開口。

「這是從我年幼時就幫助我的人，我猜測許是娘親之前在宮裡用過的人。如今他不願意露面，咱們也不必探究，這樣也許對於他也更安全些。」

再次睜開眼睛，羅止行斂下所有思緒，將密函燒乾淨，眼眸中倒映出火光。是啊，能夠探查到皇帝和他身邊親近之人的消息，這個神秘人，倒還真是好本事。

搓手看著羅止行，長均猶豫著問道：「爺，那關於軍防圖的事情……」

「到此為止了。」羅止行不容置喙地回答，站起身把灰燼收去。

忿忿的咬牙，可長均也只能低頭沈默。「是。」

將他的臉色盡收眼底，羅止行頓了片刻，語氣溫和了一些。「明日早晨，你幫我個忙吧。」

院子裡的花已經開得很是熱鬧，清晨的時候，花香總是格外清冽些，陸蒺藜推開窗門，迎著初升的太陽深吸一口氣，作了一晚夢的腦子清醒很多。

昨晚也不知是怎麼了，總是睡得不踏實，像是作了很多亂七八糟的夢，醒來卻是什麼都記不清。

發了一會兒呆，陸蒺藜就看到青荇遠遠趕來。

「小姐醒了啊，快來，奴婢伺候妳洗漱。」同樣看到了憑窗而立的陸蒺藜，青荇快步進了房，語氣暗含催促之意。

散著頭髮慢悠悠地上前，陸蒺藜不解地問：「怎麼，有事嗎？」

「是國公大人府上的長均侍衛來了，說國公大人邀請小姐出去賞景呢。」興沖沖地看著陸蒺藜的妝奩，青荇琢磨著待會兒要給小姐戴哪一個髮簪。

賞景？莫名其妙地看了窗外一眼，陸蒺藜卻想到了另一件事，領會到應當是羅止行以此為藉口，想要告訴她搜查驛館的結果才是。

想通了之後，陸蒺藜配合的動作才稍快些。「那好，妳快些幫我收拾。」

掩唇輕笑，青荇忍住了調笑的話語，動作卻也快了一些，很快繞了一個雙環髻出來，又簪上幾個俏皮的珠花，不過點一些胭脂，就勾出陸蒺藜的好面容。

「小姐真好看。」

對著銅鏡轉幾下，頭上的流蘇撞在一起，晃出陸蒺藜的笑眼，她朝青荇揚揚下巴。

「那當然！」

再也憋不住，兩人對視著噗哧一聲笑開，青荇再三檢查了陸蒺藜的裝束，才一起出來。

剛走出院子到了前廳，陸蒺藜就見到了與陸琇攀談著的長均，眉梢帶笑地闖進去。

「長均，羅止行要約我去哪裡啊？」

「怎麼還是這般不知羞。」輕斥一句，陸琇無奈地瞪她。「半分女兒家的文靜氣都沒有，往後誰要娶妳？」

沒等陸蒺藜反駁，長均先笑起來。「陸姑娘這樣的率真性子，才是真正難得的呢。」

他倒是會幫人說話了，陸蒺藜挑著眉吐吐舌頭，故作乖巧地坐在陸琇旁邊。「那我就一直陪著爹爹好了。」

移開目光並不搭話，陸琇看向長均。「既然國公相邀，老夫也就不阻攔了，煩請長均侍衛送小女去赴約吧。」

「陸將軍放心。」鄭重地對陸琇頷首，長均對著陸蒺藜做了一個請的動作。「那陸姑娘，我們走吧。」

帶著青苻跟上他的步子，陸蒺藜走到了門口，一個念頭又轉身看爹爹。只見陸琇依舊坐在原處，逆著光，看不清楚他臉上的表情，心中突然閃過一絲奇怪的感覺，她停下腳步。「爹爹，我走了？」

「快去吧，莫讓國公等急了。」陸琇的聲音傳來，同往常沒有絲毫區別。

這才算是放下心，將那莫名的念頭拋在腦後，陸蒺藜跟著長均出府，看到了門口停著國公府的馬車。

「陸姑娘請上車吧，沒多遠就到了。」撐起馬車的簾子，長均扶陸蒺藜登上車坐好，才驅馬往前。

青苻與長均一起坐在前面駕馬車，看到馬車一路朝著陌生的地方走去，感覺到有些不對勁。「這再往前，可就是曲江那邊了。」

長均點頭。「我家國公約的地方，就是曲江畔的金風樓。」

倒吸一口氣，青苻的眉毛糾結地擰在一起。「怎麼能去那種地方呢……」

「放心，妳還信不過我們爺不成？」轉頭看她一眼，長均寬慰道。

他們的話，就坐在後面的陸蒺藜定然全都聽到了。見小姐都沒有出聲反對，青荇自然也不再多言，只是心中暗暗琢磨，待會兒一定要跟緊小姐，不能讓她被欺負了去。

第九章

「呦，看來你那陸姑娘來了。」扒在金風樓的三樓，國公府的馬車剛駛到附近，蘇遇南就認了出來，興奮地轉身。「那我可得親自去迎。」

對面的羅止行扶額，將他從頭到腳打量一遍。「你先把衣服穿好吧。」

樂呵呵地緊一緊鬆垮的衣領，蘇遇南不由得打趣。「怎麼，吃醋她會被我的絕世風采吸引？這你可得小心了，我有的是迷惑女兒心的本事。」

無語地看他一眼，羅止行起身跟上他，嘴角倒是抿成一處。

「羅止行！」剛從馬車上跳下來，陸蒺藜就看到了從金風樓裡出來的人，忙笑著打招呼。只是沒等到他的回答，她的注意力就被另一個面含春意的男子吸引走目光。

他的眼睛是與羅止行不同的昳麗，眼尾細細地收成一條線，氤氳著足以讓姑娘心動的情意。盯著他的面容，陸蒺藜心中對他的身分有了大致的猜想。

看懂了陸蒺藜眼中的好奇，蘇遇南花孔雀一般地昂著頭上前。「這便是陸姑娘吧，在下蘇遇南。陸姑娘真是好顏色，便是九天仙女也抵不上呢。」

沒有姑娘會不喜歡被誇好看，陸蒺藜頓時樂得笑彎了眼，還故作矜持地擺手。「蘇公子謬讚了，小女子哪裡有這麼好看，倒是蘇公子，才是真的一表人才。」

「哼！」落後半步，冷眼看著他們互相吹捧，羅止行忍不住從鼻子裡輕哼出聲，不耐煩地轉過頭。

精準捕捉到了羅止行的小心思，蘇遇南笑得更加狡黠，更是直接伸出了手想牽著陸蒺藜往前。「陸姑娘請，在下帶陸姑娘上去吧。」

沒等蘇遇南的手落在實處，方才扭頭不看他們的人瞬間拍下他的手，迎上蘇遇南戲謔的眼神，羅止行乾咳兩聲。「方才，手抽筋了。」

費了好大的力氣，陸蒺藜才忍住了笑，十分配合地點頭。「哦，這樣啊。」耳根霎時間紅了起來，羅止行佯作若無其事地轉頭，催著他們走。「不是要進去嗎？」

「你等等我呀！」注意力瞬間又回到了他的身上，陸蒺藜提著裙子跟上去，嘰嘰喳喳說個不停。

蘇遇南則站在原處笑了好一陣，把羅止行剛才的狼狽樣子好好記了下來，才又殷勤地跟在陸蒺藜身邊。「陸姑娘慢些，樓梯陡，不好走的話在下可以扶妳一把啊。」

在蘇遇南安排好的地方坐下，陸蒺藜的視線立馬被周圍的景致奪走，由衷讚嘆。

「此間的設計，倒是有巧思。」

「陸姑娘好眼光，這可是我想了好久才建出來的。」蘇遇南順勢坐到了陸蒺藜的對面，一邊點頭，一邊含笑地掃過羅止行一眼。

在兩邊的空位之間來回看了一眼，羅止行衣角輕翻，在陸蒺藜身旁坐定，理直氣壯地迎著蘇遇南的視線，為陸蒺藜倒了一杯茶。「這麼早過來，先喝點茶吧。」

乖巧地接過，陸蒺藜捧著杯子啜飲。

看著他們之間那種默契的氛圍，蘇遇南臉上笑意更大，眼波一轉，突然湊近陸蒺藜。「小陸兒，妳什麼時候要嫁與我們國公大人啊？」

「噗，咳咳。」這話實在來得突然，陸蒺藜被沒嚥下去的茶水嗆住，彎著腰連眼淚都咳了出來。

這個傢伙，裝了沒一刻鐘，又露出本性了。羅止行瞪他一眼，伸手幫陸蒺藜拍背順氣。「他胡言亂語，陸姑娘不必介懷。」

終於停下了咳嗽，陸蒺藜抬起頭來，淚水還在眼眶中打轉，帶著眼尾飛紅一片，平添些許豔色，就這般望著羅止行，倒讓他避開了視線。

「是，都是我胡說的。」蘇遇南戲謔地點頭，又突然掏出一塊帕子靠近，欲要幫她抹去淚水。「小陸兒別見怪，來，幫妳擦擦淚珠，美人怎能落淚呢？」

僵著脖子，陸蒺藜還沒想是躲還是不躲，只見羅止行的手就伸了過來，再次打走了蘇遇南的胳膊。

眉毛挑起，撚著帕子坐回去，蘇遇南十分無辜地眨眼。「國公這是手又抽筋了？那你可能是身體有問題了，要早些去看大夫。」

「噗！」

身側傳來笑聲，羅止行略有些羞惱地看過去，就見陸蒺藜又裝模作樣地坐得端莊。真是個沒良心的小妮子，連著別人一起逗弄他。頭疼地嘆一口氣，羅止行只好將自己的手帕遞過去。「擦擦吧。」

藉著擦眼淚的動作，陸蒺藜衝對面的蘇遇南眨一下眼睛，抿著唇笑，放下手帕的瞬間，她的神色才略微嚴肅了一些。

她心知肚明蘇遇南都在做什麼，只是現在到底不是來閒聊的，轉頭看著羅止行，陸蒺藜眼帶期待地問：「軍防圖拿回來了吧？」

眼睫微不可察地跳了一下，羅止行垂眸避開她的眼神，手指無意識地搓動。

蘇遇南清楚他在逃避什麼，昨日陸琇去找他說的話，他都告訴自己了，忍著心底的無奈與同情，他笑嘻嘻地對著她舉杯。「國公大人出手，自然沒有問題呀。」

「可是……」

「哎，今日你們可是來做客的，先不談這些無聊的問題。」堵住了陸蒺藜的話，蘇遇南又招手讓婢女把飯菜端上來。「這是我家廚子精心備好的一桌菜，陸姑娘請嚐嚐吧。」

轉頭看羅止行沒有反對，甚至幫她擺好了碗筷，陸蒺藜猶豫片刻，壓下心底的懷疑，歪著頭笑。「那好吧。」

「還是小陸兒最可愛，我這盤糕點也是一絕，是到城西一家鋪子排了好久的隊才買到的。」將端上來的一盤精緻點心往陸蒺藜那邊推近些，蘇遇南笑語道。

本就嗜甜的陸蒺藜，自然也沒有客氣，拿起一塊，與蘇遇南邊吃邊聊。

蘇遇南本就是極擅長與人交際，和陸蒺藜沒聊多久，便已然相談甚歡，反而羅止行卻顯得分外沈默，只是含笑看著他們聊。

不過半個時辰之後，他二人竟是直接推杯換盞起來。

「小陸兒，我聽聞妳可是很會飲酒的啊，這是止行帶來的好酒，妳有口福了啊！」

蘇遇南拿著一個銀酒瓶，為她倒滿一杯。

隨著酒水的落下，酒香飄散而出，勾起陸蒺藜的饞蟲。正要端杯時，羅止行卻橫空伸手過來按住了酒杯。「怎麼了嗎？」

「羅止行，你不喝酒別打擾我們呀！」蘇遇南也嚷道，心裡忍不住嗔怪。不是說好了嗎？想辦法把陸蒺藜灌醉，陸琇將軍那裡就塵埃落定了，他現在又搗什麼亂！

另一隻手隱在袖子下，都捏出了青筋，羅止行沈默片刻，又將手拿開。「才剛大醉過一次，少喝一點，小心傷身。」

睫毛輕閃，陸蒺藜默默看了他一會兒，便笑著點頭舉杯。「好。」

酒杯抵在了陸蒺藜的唇邊，香醇至極，羅止行和蘇遇南都清楚，以陸蒺藜的酒量，一杯下去就足以讓她逐漸迷糊起來。

眼看著陸蒺藜即將啟唇，羅止行就像是不受自己控制一樣，伸手拉住了她。

面對他這樣奇怪的舉動，陸蒺藜卻只是定定看著他，清澈的瞳眸裡，是她的信任。本要出聲的蘇遇南，也在看到羅止行緊皺眉頭的瞬間，閉上了自己的嘴巴。這是他的選擇，自己作為朋友，沒有幫他做的說法。

一時間，氣氛緊張起來，兩人都在等他的答案。

「昨日……軍防圖並沒有找到。」開口的瞬間，羅止行發現自己聲音澀得緊。「我得到消息，是李公公暗自藏起來了。這次經過我們一鬧，陛下會在明日直接派李公公隨著使團去金國，以解釋搜查使團原因的名義，行親自送圖之實。」

瞳孔逐漸放大，悲涼的感受席捲而來，只是陸蒺藜還沒有放任自己沈浸在情緒裡，她知道，羅止行一定還有話沒說完。

開口之後，剩下的話就變得順暢起來，羅止行避開她的眼睛，低著頭說道：「這個結果，陸琇將軍已早一步料到，今日命他去駐守邊境的聖旨就會下來，陸琇將軍怕妳做傻事阻攔，才讓我今天想辦法帶妳離開將軍府。」

盛著酒的杯子掉落在地上，滾動間灑出一地酒水，香味在空中肆虐起來。緊接著，巨大的響動從身側響起，桌子被推開些許，慌亂的腳步一直到了樓梯處。

再抬頭時，身側已經沒了人，羅止行緊擰著眉頭，明知故問。「她走了？」

「嗯，可惜了一杯好酒。」對面的蘇遇南晃著酒瓶，惋惜地看著地上。「你這又是何苦？」

轉頭看著下面的街道，陸蒺藜已經帶著丫鬟回到馬車上，卻發現沒有車夫，似乎有些躊躇，羅止行暗嘆一聲，叫來長均一起下去。離開前，在門口頓了片刻。「我就是突然想到，當時我娘親也是這樣騙我出去，然後在家中自縊的。」

說完後，羅止行便快步下去，跟著坐入馬車中，快速往將軍府而去。

片刻之間，雅間內只留下蘇遇南一人對著滿桌佳餚，往後一躺，他瞇眼給自己倒酒。「俗世多煩雜，不如吃酒去。」

坐在馬車上，陸蒺藜一路沒有說話，只是催促著快些，也沒有多看羅止行一眼。終於到了家門口，馬車都沒有停穩，陸蒺藜就立馬跳下來往裡面衝。

「爹爹！」

叫著往裡闖，陸蒺藜險些撞到了幾個路過的丫鬟。逕自去了陸琇的院子裡，卻沒有見到人，抓來一個小廝問了陸琇的去向，又疾步到了前院的正廳，才見到了陸琇的身影。

略微放鬆下來的身體，在看到他手中的物件時，又僵住了。

那是一道明黃的、蓋了印璽的聖旨。

陸琇是剛剛接旨的，捏著這上好的布帛，他出神地不知在想些什麼，好一會兒才突然感到一雙視線。抬頭望去，便看到了陸蒺藜滿眼淚水，而她身後站著匆匆趕來的羅止行。

陸琇有些慌亂，下意識地想藏起聖旨，放到身後卻又發覺來不及，只能惱火地看向羅止行，跺腳責備。「你怎麼回事，不是說好了幫我攔著她的嗎？」

「爹爹攔我做什麼？」淚水堵在眼眶中，她卻不肯落下，聲音帶著哭腔，脖子又倔強地仰著。

陸蒺藜慢慢走近，死盯著他的雙眼。「攔著我，獨自去邊境嗎？」

愧疚地不去看她，陸琇將聖旨先放在一邊，無措地想要解釋。「不是的，小藜。」

「你又不是不知道軍防圖沒了！」尖叫著喊出聲，淚水在此時才全部滑下來。陸蒺藜只覺得心中有一把刀在磨著，同時又有一種無奈的憤怒，為何無論她怎麼做，前世的事情還是又再度發生？

往前一步，陸蒺藜央求地拉著他的袖子。「爹爹，不去好不好？我們就好好過普通人的日子，這個將軍也不做了，好嗎？」

「小藜，不准說這些胡話！」厲聲阻止了她，陸琇只當她是在鬧脾氣。「妳放心，就算邊境的佈防都被金國摸清楚了，爹爹照樣能打勝仗。」

一把推開他，陸蒺藜帶著淚水搖頭。「你還當我是三歲小孩嗎？爹爹，你以前怎樣虧欠我們，我和母親都沒有絲毫怨恨，可這次，是個明知的敗局，你還要去！你難道就沒有想過，你有可能命喪戰場，再也見不到我嗎？」凝視著他，陸蒺藜一時也分不清，自己到底在和他說話，還是在和前世那個自此再沒見過面的爹爹說話。

羅止行站在他們的身後，心中也是無限抽痛。是啊，明知是敗局，這些人為何還要去？

摸摸女兒的頭髮，陸琇轉頭看一眼另一旁的聖旨。「戍守邊境，保護百姓，是爹爹的責任。爹爹是為了萬千不願屈服的百姓而去，是為了無數灑血疆場的將士，也是為了保全大晉百年的尊嚴！我知道那是場艱難的戰爭，但是我非去不可，總不能他們的上位者放棄了，我就讓咱們大晉的大門就此隨意被踐踏吧？」

陸琇的聲音蒼老卻又帶著力量，衝擊著二人的心。羅止行拳頭捏緊，眼神複雜地看著他。

趁自己說完後，陸蒺藜有些失神，陸琇看準了機會，直接伸手劈向她的脖子。

眼前一黑，陸蒺藜往後倒去，失去意識前的最後一瞬，她感到自己落入了一個溫暖的懷抱中，清冽的氣息，讓她委屈又安心。

感到懷中的人最後蹭了一下自己，羅止行抬頭，感同身受地憤懣。「所以為了你們心中的家國大義，你們就可以捨棄自己的兒女是嗎？」

看著羅止行的眼睛，陸琇只能再一次狼狽避開，恍惚中，想起了他的爹爹。「當初你爹的選擇，也是迫不得已。」

「是迫不得已，也是真的放棄了自己的妻兒。」抱著陸蒺藜站起來，羅止行冷冷對著陸琇，氣勢全開。「不知陸將軍何時出發？」

這些年輕人才是未來啊，比眼下腐朽王朝更遠的未來。陸琇心底長嘆一聲，轉身撿起屬於自己的聖旨。「即刻出發。」

「陸將軍的風骨，我作為晉朝子民欽佩至極，但蒺藜的感受，也是我在乎的。」強硬地抱著陸蒺藜轉身，羅止行不再看他。「希望陸將軍，一路順風。」

看著他的背影，陸琇苦笑著默默點頭。

僵立了許久，羅止行還是轉過頭來。「我會照顧好蒺藜，無論如何不會讓人欺辱了她，將軍不必有後顧之憂。戰場凶險，千萬小心。」

這小子到底還是心軟，陸琇心中，突然也升起些少年般的戲謔。「那當然，我可是還要回來看你做我女婿的。」

「好。」誰知羅止行竟也應了，堅定地看了陸琇一眼，才抱著陸蒺藜往她的院裡走去，只有耳後，有抹不易察覺的紅暈。

看見後一愣，陸琇才悶聲笑開。到底是少年人，小藜若是真與他在一起，自己可得多備些嫁妝了。

「將軍，您的東西都收拾好了。」一直跟著陸琇的副將，此時從外走進，對著陸琇鄭重一拜。

遙遙朝著女兒的方向看了一眼，陸琇壓下心底的百般情緒，接過副將手中的劍，轉身腳步堅定地往前。

穿好甲冑出來，城門外候著的正是他的萬千將士。陸琇去宮中拜別了程定，帶著大軍直往邊境的方向前進，浩浩蕩蕩的隊伍兩邊都站著圍觀的百姓，對著他們敬佩的舉手送別。

目光一寸寸描摹過了長安城的安穩面容，陸琇收緊韁繩，昂首，夾緊馬腹往前，挾著百姓們的期許與尊嚴，朝著邊境而去。

那是他一輩子的戰場。

「爺，隊伍已經走了。」將軍府的院子裡，羅止行負手站著，長均剛從城門口回來。

對他點點頭，羅止行回頭看著身後緊閉的房門，陸蒺藜還沒有醒來。

看到國公皺起的眉頭，長均開口寬慰。「有青荇姑娘在裡面照顧，不會有事的。」

「嗯。」勉強應了一聲，羅止行看向長均的臉，開口時的聲音有著不合年紀的蒼涼。「長均，你跟著我有多久了？」

回想了片刻，長均不由一笑。「也快五年了。當時屬下來長安城謀差事，沒有人看得上我一個鄉村來的窮小子，只有國公願意收留我。從那以後，我就堅定了要為國公付出一切。」

「是啊，你跟著我也五年了，而我爹爹離去也快十五年了。」看著院牆的外面，羅止行語氣很是感慨。

知道國公心中有傷，這件事一直沒有聽他提過，如今見到他這樣，長均一時也不知該說什麼，只好默默陪他站著。

本也沒指望這個侍衛能怎樣寬解自己，羅止行仰著頭嘆了口氣。許是真的經歷相像，每次遇到陸家的一些事，他總能想起自己的那段悲慘過往。

「方才聽陸琇說的那些話，我突然間覺得，也能理解爹爹當初的選擇了。」

「老國公的風采，屬下也聽羅叔講過一些，無論如何，他是值得敬佩的人。」看著羅止行的後背，長均只能憋出這麼一句。
垂頭笑笑，羅止行也沒打算再為難自己的侍衛。「行了，我到底不是悲秋傷春的人，都過去了。等會兒陸姑娘醒來，先不要提陸將軍的事情。」
「屬下知道。」長均再是木頭，也不會在這樣的關頭說這些。「只是陸姑娘可能會再問，若是那時候她還是情緒激動，該怎麼辦才好？」
眸光一凝，羅止行似乎也有些無措。「罷了，先去讓人準備些吃的吧。她愛甜，準備點甜食。」
得了令，長均本打算轉身去準備，可就在此時，外面急匆匆進來一個小廝，對著他們拜道：「荊國公、長均侍衛，寧大人來訪，小姐如今還沒有醒，這可怎麼辦？」
「寧大人？」想了半天，長均才想起來說的是寧思遠，當即轉頭憂心地看著自家國公，低聲說道：「爺，要不把他先請出去？」
轉頭看一眼緊閉的房門，羅止行閉眼長呼一口氣，端起溫和的笑意。「我親自去見他說清楚吧，如今陸姑娘這樣，確實不方便見客。」
先遣長均在這裡留守，羅止行跟著小廝走向前廳，果真看到了焦急站立的寧思遠。
「寧大人，好久不見。」

聞聲回頭，寧思遠不著痕跡地打量他幾下，不由得勾唇嘲諷一笑。「如今這陸家的奴才們，倒是事事以國公為尊了，來迎客的也是您，在下還以為走錯地方了呢。」

「只是事出有因，陛下的旨意來得急，陸姑娘一時心急昏了過去，恰逢我偶然來訪，陸將軍這才託我照顧一二。」沒有理睬他語氣中的嘲意，羅止行臉上的笑意依舊溫和，幾句話解釋清楚。

知曉他的城府，寧思遠也沒真的打算起衝突，只是到底有些意難平，聽聞羅止行的解釋後，更是有些著急。「小藜昏過去了？還好嗎？我就猜到她會出問題，我去看看她。」

「寧大人留步！」羅止行卻是直接伸手攔下他。「陸姑娘如今還睡著，又是女兒閨房，寧大人還是避嫌的好。」

如今倒是他要避嫌。寧思遠笑著搖幾下頭，索性坐了下來。「說得也是，我和她的婚約早就作廢了，如今有何身分去關心她。」

「一場婚約而已，不必看得這麼重。寧大人是胸懷大志的人，不應當這麼糾結才是啊。」同樣笑著坐下來，羅止行似是語帶深意，又像是真的隨口寒暄。

目光微凝，寧思遠又端起茶杯笑。「倒是沒有想到，會從向來守禮的國公大人口中，聽到不必看重婚約的話。」

沒有理會他的避重就輕，羅止行也摩挲著杯緣。「我守禮，卻也不能只拘於禮，萬事萬物的選擇，總歸是出於人心。」

「出於人心？那倘若是人心所向，即便是違背些許綱常倫理，也並非不可了？」目光緊逼著他，寧思遠似笑非笑地開口。

淡然地彎著唇角，羅止行跟著他打哈哈。「人之所欲，總是有善有惡。綱常所生，本是為了束縛惡欲罷了。」

寧思遠顯然沒打算就這麼放過他。「那倘若是善惡顛倒的世界呢？那時的綱常，不就成了助長惡的存在？屆時，又當如何？」

「看來寧大人此番來，是要出題考我呀？」面上的笑容依舊是滴水不漏，羅止行回視著他。「寧大人自是身負絕學，才情冠世，心中早就有了自己的答案，又何必問我？」

「倘若我一定要國公給出一個答案呢？」

「既是這樣的情況，打破這綱常又如何？」

沒料到他這次竟然回得直接，寧思遠愣怔片刻，身子不由自主地前傾，聲音也低沈許多。「那倘若，是至高無上、規矩森嚴的綱常呢？」

至高不過君，君臣之綱，他也是真敢問。下意識地垂眸遮住情緒，羅止行語氣淡然。「亦可。」

石子瞬間投入湖中，激起萬千漣漪。兩個聰明人心中都清楚他們各自問了些什麼，又回答了些什麼。

眼神複雜地看著羅止行，寧思遠久久不能平靜。

「寧大人這副表情做什麼？我們不過是隨口聊了幾句學問，如今陸姑娘實在不方便見客，寧大人還是早回的好。」反倒是羅止行，還是神色如常，言笑晏晏地起身。

回神一笑，寧思遠放下自己手中涼透的茶杯，站起來斂著下巴。「往後都不見了。我本以為她現在心緒不寧，恐她衝動犯傻才來。如今再看，小藜身邊有國公大人，自然不需要我。」

笑咪咪地背著手，羅止行心安理得地默認了他的說法。「往後確實有我來照顧她，寧大人前途無量，自然也不必再為許久之前的一樁舊婚約上心。」

「你說得是，我也看得出，國公是真的喜歡小藜，以後自不必多來打擾。方才我也懂了，國公大人是同路人，我又怎會奪人所愛？不只是小藜，國公大人喜歡的別的東西，我也都可拱手相讓。」他順勢拉攏起人來十分熟稔。

羅止行溫和地彎著嘴角，豎起三根手指。「寧大人此番話有三處不妥。其一，我不是你的同路人，我也不允許陸家成為你的同路人，能夠漠視旁觀，已然是全部。其二，蒺藜不能與其他事物相提並論，她也不是你能夠決定讓與不讓的對象。」隨著話語，羅止行的眼神露出些許淩厲。「最後，蒺藜身為女子，閨名自然不能被人隨意叫了去。寧大人之前許是不留意，往後，還是煩請注意。」

愣怔了片刻，寧思遠心中似乎有些悵然。只是他想要的太多，這些小小的失落心情又怎能真的侵擾到他？如今雖說陸蒺藜跟他已徹底沒關係，但林儷倒是和他越發親近，他如今已然成了文官，丞相的支持倒是重要得多。

對著羅止行一拜，寧思遠笑著回道：「旁的在下都謹記國公教誨，只是這是不是同路人的說法，怕還不一定呢，在下先走了，國公留步。」

但笑不語看著他離開，羅止行垂眸凝思片刻，緩步從前廳出來，走沒幾步，就遠遠看到了疾步而來的長均。

「爺，陸姑娘醒了。」

「醒了？情緒可還好？」連忙問出聲，羅止行卻又沒等他回答。「罷了，我親自去看。」

長均沒來得及開口，只能快步跟上他的步子，其間不停地偷看羅止行的表情，也不知道他剛才和情敵見面，有沒有生氣。

只是羅止行的心情如何，又怎會被他輕易看出來？回到陸蒺藜的院中，羅止行輕叩兩下門，等到裡面傳來聲音才推門進去。

陸蒺藜正撐著身子坐在床邊，聽到聲音的瞬間抬起頭來，倔強地抿唇看他。

一時也不知該怎麼跟她說，羅止行伸手接過青荇手中的湯，先示意其他人都出去。等只有他們兩人了，才坐在陸蒺藜身側，將被自己吹涼的湯抵到她嘴邊。「先喝一點吧。」

「我爹，已經走了？」聲音扯著心尖開始疼，陸蒺藜木然地看著他，像是在希冀一個不可能的答案。

垂下眼眸，羅止行將勺子收回來，在碗中攪動。「無論如何，這也是他自己的選擇。」

「呵。」又何嘗不知道他說的是對的，自己的爹爹是怎樣的人，她還不了解嗎？陸蒺藜閉上雙眼，朝後靠去。「我以為軍防圖不會被賣，我也可以阻止爹爹，沒想到到頭來還是一場空。」

本想伸手抹平她眉宇間的皺紋，羅止行的手卻又停在了空中。「對不起。」陸蒺藜搖搖頭，猛然睜開眼，就看到了他伸過來的手，下意識地一歪頭，將臉頰貼上去蹭幾下。「怎能怪你？我反而該謝謝你，今日若不是你，我可能連爹爹都見不了了吧。」

沒料到她會這樣，羅止行愣了一瞬，耳後暈出一片紅。他心中糾結片刻，卻也沒有收回手，順勢摩挲著她的側臉。「往後，有我陪著妳。」

瞬間瞪大了眼睛，陸蒺藜直視著他的眼睛，驚訝得說不出話來。這是在吐露真情？「是……是陸將軍離去前，託我照顧妳的。」後知後覺地發現自己說了些什麼，羅止行侷促地解釋，手卻先不安地收了回去，耳後的紅暈甚至衝到了脖子上。

這樣子倒是逗得陸蒺藜一笑，心中的悒鬱衝淡些許。

對於陸琇的離去，她除了難過，更多的是無力，尤其是親身體會到了晉朝到底腐朽到了何種程度，明明能夠挽回和阻止這種賣軍防圖的行為，還是因為帝王的偷安一隅，輕飄飄地再次成了注定。

看出她的情緒變化，羅止行將手中的湯碗索性放在一邊，認真看著她的眼睛。「我能夠理解妳的感受，十三歲那年，我與妳何嘗不是同樣的際遇。」

緩緩抬起頭，陸蒺藜靜靜看著他。

「但是陸蒺藜，我們的日子還得繼續過下去，父母們只是做了他們自己的選擇，我們也依舊還有我們的人生。妳不能因為這件事心存怨懟，衝動行事。如今陸將軍遠離京城，妳更是要以自己的安危為重，明白嗎？」

他的聲音裡帶著規勸，陸蒺藜一撇嘴，屈膝環住自己。「何必說得那麼隱晦？你放心，我不會因為那皇帝的昏庸就衝動地要去討說法。我也沒那麼蠢，我惜命得緊呢。」

含笑瞪她一眼，羅止行也沒有去糾正她語氣中的不敬。她倒是比自己想像中堅韌，醒來後沒有再哭鬧，可是這樣的反應，倒是更惹人心疼。暗嘆一口氣，羅止行認命一般地再次摸摸她的頭。

「說過了，往後我會陪著妳，我不會食言的。」

心裡像是有隻小鹿歡快地蹦躂，踏出了她藏著的委屈。陸蒺藜嘴一撇，直接不管不顧撲了過去，在他懷裡口齒不清地哭訴。「我以為我能改變一切，我能和爹爹一起好好過日子的，怎麼就這麼難呢？」

輕拍著她的背，羅止行覺得自己的心也被揪在了一起，只能隨著她喃喃，也不知是在安慰自己還是她。「往後都會好的……」

也不知過了多久，陸蒺藜哭累了，只能靠著他一下一下抽搭。發洩過後，心情才總算好了一些，眼尾瞥到了桌上的湯，直接伸手過去。「我餓了。」

皺眉拿了過來，羅止行卻沒有給她。「這已經涼透了，我去給妳拿些別的吃食？」

「不要！」如同黏人的孩子般，陸蒺藜揪住他的衣角，不願讓他離開。

她下意識的動作倒是取悅了羅止行，悶聲輕笑兩下。「陸姑娘，妳是這般不端莊的？」

「那你剛才就合乎禮儀了？」磨磨牙從他懷中探出頭來，看到他含笑的眼睛時，陸蒺藜才紅了臉，還嘴硬地回擊。「我可聽青荇說了，寧思遠來看我了吧？你憑什麼不讓他進來啊？」

眼底微冷，羅止行移開目光。「原來陸姑娘還想見他啊，那想必是在下多事，也無妨，下次妳再約他不就好了。」

這是……吃醋了？陸蒺藜有些懵，盯著他的側臉忍笑。

羅止行卻偏著臉不看她，兀自惱火。哪有這般沒心沒肺的人，方才還在自己懷中和他撒嬌，轉瞬又提起了舊情人。回想起自己後來有意無意聽到過的，陸蒺藜都為寧思遠做過些什麼，羅止行更覺胸中憋悶。

「唔，那好，我過兩天單獨約他，可得謝謝他來看我。」她竟然還真要去謝他！立馬轉過頭來，羅止行對上她戲謔的目光，才反應過來，卻還是斜睨著她勾唇。「那陸姑娘沒機會了，方才寧大人可是告訴我，他以後不會私下見妳了。」

笑意再也忍不住，陸蒺藜捧著肚子樂，直到羅止行面露羞惱，才堪堪停住。「那可怎麼辦呀？我本來多好的一樁婚事，就這麼徹底沒戲了。」

明明早就沒戲了，卻還是不講道理地耍賴。羅止行不禁伸出指頭輕彈一下她的額頭，如她所想地開口。「本國公賠妳一個不就是了？」

「那當然好了！」在他開口的瞬間，陸蒺藜也笑咪咪地開口，聲音輕快至極。

眼睛都哭得腫成核桃了，笑起來卻還是很好看，羅止行心頭發軟，起身找來溫水，將手帕浸好，輕柔地幫著她擦臉。

也不是沒有被這樣照顧過，可唯有此刻，陸蒺藜心中是久違的平靜滿足，不似被寧思遠照顧時的惶恐不安，也不似被青荇對待的習以為常。

「好了，我得離開了，出去幫妳叫點吃的過來，妳用完膳就先好好休息。」將她的淚痕全部拭去，羅止行抽回自己的手，溫聲說道。

探頭出去看一眼窗外，竟然天都快黑了。陸蒺藜乖巧地點點頭，也不再鬧他。今日發生的一切到底太多，羅止行也難免有些疲倦，雖然想再多陪陪她，不過還有事得忙，最後笑著摸摸她的笑臉，便轉身準備離去。沒想到剛走到了門邊，又被一句話叫住。

「今日早上那杯酒，我看出來有問題了。」

直視著轉頭看她的羅止行，陸蒺藜眼神堅定。「我把所有的信任都賭了上去，若是你沒有叫住我，我以後可能就不會全然信你了。」

沈默片刻，羅止行看著她點頭。「以後都不會了。」

這才滿意的笑開，陸蒺藜擁著被子，同他揮手作別。

收回視線，羅止行一下拉開門，沒想到兩個冒失的傢伙就撞了進來。「你們倆這是做什麼？」

「我們……啊，剛才小姐不是說餓了嗎？奴婢去找些吃的！」青荇撓著頭，轉身就鑽了出去。

望著明顯偷聽的另一個人，身後還傳來陸蒺藜的笑聲，羅止行只覺得有些頭疼。壓著脾氣，對長均輕笑。「那我們也回去吧。」

哭喪著一張臉，長均還來不及請陸蒺藜求個情，門就被羅止行一把關上。看著似笑非笑的國公大人，他只能垂著頭往前。「奴才去準備馬車。」

當羅止行回到府裡時，天上的月亮已經高懸了起來，羅叔忙吩咐丫鬟們把溫著的菜端上來，親自到院中去迎。沒想到剛到了前院，就被面前的人逗笑。

長均苦著臉在正中間紮著馬步，兩個胳膊上還各掛著一個沙袋，羅止行則是手中拿著另一個沙袋，琢磨著該掛在哪裡。

「他這是怎麼了，惹得國公大人親自罰他？」笑著上前，羅叔心安理得地忽視著長均眼中的求助。

抬手將沙袋吊在他的脖子上，羅止行這才拍著手退後半步。「膽敢跟別人一起偷聽本國公說話，看來這侍衛還是太閒了。就這樣，一個時辰之後再起來。」

「別啊，爺！屬下再也不敢了！」

長均的求饒非但沒有達到效果，反而讓羅止行猶覺不夠，凝視他片刻，又笑著開口。「對了，城西那家糕點鋪不是不錯嗎？你明日早上去買，然後送去給陸姑娘，可別遲了。」

這麼遠的距離，還得排隊等，長均更哭不出來了。「爺……」

「你還覺得不夠？」笑咪咪地打斷了他的話，羅止行看起來很是無害。

識時務地閉上了嘴，長均重重點頭。「屬下不睡覺連夜去排隊，一大早就給陸姑娘送到。」

看了半天熱鬧，羅叔這才又站了出來。「國公出去了一天，還沒吃晚飯吧？老奴都備好了，您去淨手換衣服吧。」

「好，多謝羅叔。」這才施施然背手離開，羅止行噙著笑先去了後院。

見他走遠，羅傑無奈地看著長均。「你偷聽國公的話做什麼，還帶著人偷聽？」

「嘿嘿嘿，那是羅叔您不知道。」長均此時才偷笑起來，全然沒有方才的可憐相。「跟女子吐露真情的爺啊、會吃醋哄人的爺啊，我怎麼能不偷聽？」

「你說真的！」羅叔瞬間亮了眼睛，聽長均完整講了一遍過程，忍不住撫掌大笑。「好，可真是好！唉呀，明日我去找人幫你排隊，長均，下次繼續偷聽啊！」

甚是自得地仰著頭，長均馬步紮得更穩當。「好說！」

「唉，不行，你還是不能偷聽，萬一為了不讓你偷聽，影響了他們談情說愛可不行！」羅叔隨即又十分有遠見地阻止，重重拍兩下長均的胳膊，轉身則是笑得更加慈祥，興沖沖地回了後院。

在羅叔那種詭異的欣慰目光中，羅止行再也吃不下飯了，終於擱下筷子。「就知道長均會把事情都告訴你，你有什麼問題就問吧。」

「嘿嘿，老奴不問，我知道主子自有安排。」搓著手，羅叔在開口的瞬間想起了上次的情景，悻悻轉了話音。

側頭莞爾，羅止行撐著自己的下巴看他。「既然這樣的話，就我來問好了。羅叔，想要成婚需要準備些什麼啊？」

「國公大人，您要準備提親啦？」立馬驚喜地跳起來，羅叔半分沒有這個年紀的老態，興奮地來回踱步。「那可真是太好了，這要準備的事情可多了，不過沒關係，老奴趕一趕，十天就能搞定。」

「十天？」羅止行下巴差點掉下來，滿眼震驚。

羅叔卻會錯了意，為難地開口。「您要是嫌太久的話，老奴徹夜不眠，也得六、七天。」

「羅叔，我哪裡是嫌久？人家從訂親到成婚都得花個兩、三年的，哪有你這般草率的？」羅止行有些羞惱地質問。

羅叔稍微冷靜了一下，在他面前站定，聽完後不由得小聲嘀咕。「那您和別人不一樣啊，都這個歲數了，老奴恨不得您現在就成家。」

「……我都聽見了。」羅止行嘴角抽動幾下，隨後正了神色。「我說出來，只是想讓你心裡有數，早些準備，但是短時間內就成婚，還是不太現實。」

「您看您還說老奴呢，自己不也想要早日成婚？」嘟囔一句，羅叔突然意識到他的深意。「國公大人的意思是……」

將筷子重新拿起來，羅止行在口中送入一筷子菜，堵住了冷笑。「是啊，我的好皇帝舅舅，恐怕還不樂意我和她成婚呢。」

同樣壓抑著心底的憤懣，羅叔狠狠跺一下腳，說不出話來。

「羅叔也不必急，正好我想要給她一個盛大些的婚禮，也好慢慢準備。」反倒是羅止行寬慰了他，淺笑著繼續吃飯。

也只好點頭應了，看著羅止行的動作，羅叔臉上的笑容更加慈祥幾分。「國公是怎麼突然改變主意想成婚的？」

「今日陸琇將軍臨走前說了一番話。」回想起今日的情景，羅止行緩緩說道。「就是那一番話，似乎解開了我多年的心結，我好像有些明白爹爹了。」

瞬間有些發愣，羅叔的臉上也難掩落寞，擺手先讓下人們都離去，才長嘆了一口氣。

知道回想當初父母的遭遇對這個忠心的老奴來說也不好受，羅止行又淡笑著轉移話題。「而且，我發現有另一個人能幫我實現我的目的了。」

「哦？」羅叔挑起眉，難免好奇。他雖說從未與羅止行深聊過，卻也依稀知道他想做些什麼。

回想起今日與寧思遠的對話，羅止行臉上的笑意更甚。「是啊，有另一個人比我更亟於想整治這些骯髒的人，如此反倒讓我能落個鬆快，只管暗中助他一二就好。」

半佝僂著背，看到羅止行的表情，羅叔也跟著高興。主子不用涉入那些危險的事，他可是求之不得！

「心結鬆了，身上的負擔又輕了，還有了喜歡的人……」說到這裡，羅止行柔和了眼眸。「那可不是得想辦法成親了？」

「是是是！」羅叔已然是笑得合不攏嘴。「今天定是老奴生平最高興的一天！老奴這就去取罈好酒來，定要一醉方休！」

爽朗的大笑聲在國公府裡飄揚了許久，只是可惜，大醉一場的羅叔顯然是把長均拋在了腦後。

凌晨從自己房中醒來，長均沒有等到買好的糕點，反而是羅叔還在睡覺的消息。

「這個羅叔，怎麼這般不靠譜呢！」鬆開被他抓來問話的人，長均沒好氣地飛身奔出去。可即便他動作再快，等糕點送到陸蒺藜跟前的時候，還是將近午時了。

望著面前氣喘吁吁的人，陸蒺藜一時有些好笑。「不就是送一盒點心，也值得你跑成這樣？」

「爺昨日是要屬下早上就送來呢，現下已經遲了。」哭喪著臉，長均無奈地聳肩。

隨便想想就知道，定然是羅止行惱他昨天偷聽的事，忍不住偷笑，陸蒺藜隨後才板正了臉。「行啦，你就說我是早上收到的，無妨。」

本就存著請陸蒺藜說情的念頭，如今不等他言明，她就主動提起，長均高興地對著她抱拳道謝。「多謝陸姑娘！」

哪裡犯得著謝？羅止行也不見得會真的罰他。陸蒺藜笑著搖搖頭，收下糕點。

本該回去覆命了，可是長均現在卻機靈了一次。「敢問陸姑娘，今天可還有別的什麼安排？」回去主子一定會問的。

「別的安排？」垂著長長的眼睫，陸蒺藜想了想，而後淡淡笑了。「還真有，應該會去一趟寧清觀。」

寧清觀是長安城中較為知名的道觀，平日也有不少百姓會去燒香祈福，只當是陸蒺藜要去為陸將軍祈福，長均點點頭，拜別後離去。

聽到了陸蒺藜剛才的話，青荇此時湊上前。「小姐要去寧清觀？」

「是。」點點頭，陸蒺藜笑咪咪地看著青荇吩咐。「妳現在就去準備一下，記得帶些吃食，把大魚大肉都帶上，還有這盒糕點，別忘了。」

一聽這話，青荇倒是懵了，哪有去道觀還帶大魚大肉的？「小姐，您真的要帶這些？」

「對！」毫不猶豫地推了青荇去準備。

陸蒺藜抬頭看看外頭的天色、茂密的樹木，突然想起羅止行昨日說的話——

「往後我會陪著妳……」

她眸色驟然轉冷，「往後」可真是個好詞，可是她也得有往後才行。

這裡是黃泉殿，供奉著心中一眾神鬼。

剛一踏入的瞬間，一股莫名的風吹上了她的臉頰，恍惚間，她看到面前的東西都動了起來，陰冷卻又熟悉。

「陸姑娘？」

道長適時的呼喊，喚回陸蒺藜的神智，她的臉色在進來的瞬間變得青白，對道長笑的時候有些瘆人，可那道長卻是神色如常，引著她走到另一邊。

仰頭看去，面前的一尊神像面容蒼老、皺紋滿面、滿頭華髮，雙手交疊於胸前，身上衣服的彩繪因為年代久遠顯得斑駁，已不復原本的華麗。想來特意供奉孟婆的人委實不多，面前只有一小碟瓜果，還頗有些萎縮，像是放了好些日子。

但陸蒺藜卻是毫無感覺的，反而看著面前的神像自嘲。「剛才那一瞬間讓我想起來，我不過也只是個逃離的野鬼罷了，不過你們這孟婆像也造得太難看了些，人家本尊好看多了。」

怎麼聽都會覺得詭異的話，依舊沒有動搖那位道長的表情，他逕自上前點燃了三炷香。

看來這道士確實是知道些什麼的，只是現在並不樂意跟她說。陸蒺藜挑著眉，索性坐在蒲團上，按照原本的打算行事。

她打開了自己帶來的兩個食盒，各種葷菜的香味竄出，硬生生把道士剛點上的燃香味道都壓了下去，此時道長眉間才多了些怒氣，直直盯著她看。

陸蒺藜卻是不為所動，左手拽著一根雞腿，右手拿著一個鴨翅膀，嘴裡的糕點吧唧有聲，直對著面前的孟婆像含混不清地唧唧歪歪。

「我看妳就是和我爺爺有仇才要這麼折磨我，反正我什麼事情都改變不了，妳還讓我重活一世幹什麼呢？你們神仙是都這麼閒的嗎？」

她嘴角還泛著油光，說完又往嘴裡塞了一口肉，看得道長額頭青筋又跳了跳。

「反正我也想通了，我改變不了也得繼續，但是妳可也不能這麼好受了，我以後每天都要來妳這裡吃大魚大肉地給妳添堵。」

頭隱約有些痛，道長抖了抖懷中的拂塵，慢吞吞地開口。「這是毫無意義的行為，陸姑娘又是何必？」

立馬扯著嘴角笑了起來，陸蒺藜慢條斯理地抹一下嘴。「雖然沒有用，但是我解氣呀！」

「……」道長突然開始懷疑，自己和她的談話還有必要進行嗎？

總算擦去了嘴邊的油圈，陸蒺藜一抬頭就看到了他愁眉不展的樣子，登時樂得撐著下巴。「您有話想說嗎？說吧，我都聽著。」

低頭對上陸蒺藜亮晶晶的眼睛，道長反問道：「我要說什麼？」

「都到這分兒上了，就沒必要還瞞著我了吧？」眼神逐漸轉冷，陸蒺藜嘴角噙著冷淡的笑意。「本來我真的只是想來出口氣而已，可是看道長這樣子又是前來相迎，口吻中對於我的來歷也很是熟稔，難道不是有什麼天機想告訴我？」

修道之人向來淡漠的瞳眸中，此時才湧現出些許真實的情緒。從昨日出現那突然的卦象，他就陷入巨大的震驚中，直到今日真的見到她前來，他才明白那荒謬的卦象都是真的。「妳究竟想知道什麼？」

「如何改命。」直白地說出自己的目的，陸蒺藜轉頭盯著孟婆的泥像，也不知到底在問誰。「我好像無論如何都阻止不了注定的事情發生，就算試圖做了什麼，也只是讓它用另一種方式達到。」

凝視著陸蒺藜有些痛苦的側臉，道長沈吟片刻。「其實我對妳的經歷真的是一知半解，關於妳的問題，我也沒有答案。」

這不是逗人玩嗎？陸蒺藜嘴一撇，果斷伸手向另一隻雞腿。

「不過我有別的事可以告訴妳！」在她的手指沾上油的前一刻，道長語氣有些急地發聲。

這才笑咪咪的收回手，陸蒺藜坐得又端正了幾分。「哎呀，那道長早說呀，我也就不至於做這麼多不敬的事情了。」

視線在大殿上所有的神像中繞了一圈，再回到她身上，道長又氣又無奈。「我昨日照常卜卦，本以為只會出現如常的一些東西，卻沒想到此次的卦象很奇怪，說是明日會有將軍府的貴人前來，還要我直接帶妳來這裡。」

喲，倒是連我隨意決定的事情都料到了，神仙還真是挺閒的啊！衝著面前的神像齜幾下牙，陸蒺藜壓抑著脾氣聽他繼續說。

「再然後，那卦象又變了，上面的意思大致就是一句話：『憑空創造出什麼，也許比改變什麼更容易』。」皺眉回憶，道長用通俗的話解釋了那個有些晦澀的卦象。

瞬間瞪大了眼睛，陸蒺藜覺得有個什麼念頭從自己心底閃過去了，只是實在太快，壓根兒來不及抓住。「這是什麼意思？」

對上她的目光，道長也只能搖搖頭，頓了片刻，幽靜的目光跟著她一起看著孟婆像，道長緩緩開口。「我原本都只是猜想，可妳剛才的言行倒是也讓我知道得差不多了。總之如今是亂世，想要做些什麼，確實是挺容易的。」

原來是自己先洩了密，陸蒺藜勾唇笑笑。「道長，您還知道什麼，不如都一併說了吧。」

「我們道觀修建極早，有些遠古的傳聞確實有留存。」只略微猶豫片刻，道長就全數和盤托出。「那些遠古大神們創世之後，早就定好了我們這些凡人的命數。」

眼神冷冽了幾分，陸蒺藜嘲諷地笑。「早有領教。」

閉眼聽了聽外面的鳥鳴，道長臉上多了分淡淡的笑意。「可是萬事萬物環環相扣，只要一個人的命數改了，那麼所有凡人也就脫離神仙們定好的命運軌跡了。站在凡人的角度，我很希望陸姑娘能成功。」

呵，他這話倒是有趣，還真的把自己當成了超然物外的神仙不成？陸蒺藜忍著心底的嘲諷，俏皮地眨眨眼。「那我一定得努力，雖然沒有什麼宏偉目標，但我挺想活下來的。」

微閉著眼睛，道長不再回答她的話，也不知在想些什麼，只是手中的拂塵，卻是沒有風也晃個不停。

陸蒺藜也不再管他，轉過頭深深地看著孟婆像，直視著那雙空洞無神的眼睛時，她突然想到一句話。

「等時機到了，我自會推妳一把。」

這是她在黃泉時最後聽到的一句話。

「有人來找妳了。」沈默的氣氛很快被打破，道長突然睜開眼睛，言語中透露著催她走的意思。

今日來這裡已經有了意外收穫，陸蒺藜倒也沒磨嘰，很快收拾著自己面前的狼藉。然而當她端著最後一盤雞肉起身的時候，手腕處竟莫名一痠，整個盤子摔了過去，恰好落在孟婆腳下，就恍若是給她獻祭的一樣。

陸蒺藜愣了一瞬，好笑地撿起食物端正放好，又轉頭衝著道長笑。「你看，她自己也是饞的。」

「陸姑娘請吧。」道長的嘴唇翕動幾下，卻也什麼都沒說，只是側身帶著她出去。

跨出這黃泉殿的時候，陸蒺藜最後回了一下頭，已再也看不清孟婆的臉。

一路很快到了道觀門口，陸蒺藜又如同往常一樣咋咋呼呼個不停，只是那道長卻不再理她了，她這也才看見外面等著的人。

原來是羅止行。想必是長均回去後把她的行蹤告訴了他，他便來接她了。

望見那張溫和笑意的臉，陸蒺藜立馬笑彎了眼，蹦跳著向他靠近。

「這位公子，倒也是命運不凡的。」

路過道長的時候，隱約聽見這麼一句話，陸蒺藜將將煞住腳步，轉頭驚訝地看他。只是那道長又是一副波瀾不驚的樣子，遠遠對著他們俯身一拜，就直接帶著小道士回了道觀，甚至還關上了門。

「蒺藜。」

聽到了羅止行的呼喊，陸蒺藜才忙轉過頭跑上前，把手中的食盒丟給青荇，十分自然地抓住了他的手腕。「國公大人這是想我啦？」

當著這麼多侍衛、丫鬟的面，羅止行立馬紅了耳尖，略有些惱地瞪她一眼。

「你說嘛，你不想我，急著到這兒來找我做什麼？」偏生她又是個鬧騰的，晃著羅止行的袖子不罷休，惹得青荇等人都笑了起來。

無奈地伸手敲她頭一下，羅止行先笑了。「嗯，想妳了。」

瞬間瞪圓了眼睛，陸蒺藜捂著額頭開始跳，她本也是故意逗他的，知曉這麼多人他會不好意思，如今得到了回應，可是驚喜得不得了。

一句話就能高興成這樣，真是沒出息。心中腹誹一句，他伸手牽著陸蒺藜下山，回頭看著緊閉的道觀門。「這寧清觀今日倒是有意思。」

「人家迎來送往那麼多香客，今日想休沐一天還不行？」被羅止行抓住的瞬間，陸蓁藜就安穩了不少，乖巧地站在他身邊。

本來就是來接她的，羅止行也不在意，帶著她往山下走，隨口閒聊。「那妳呢，為何又只讓妳進去呀？」

「因為本小姐有慧根，神仙都喜歡我啊！」笑咪咪地跟著他的步子，陸蓁藜答得毫不客氣。

淨會胡說。伸手幫她攔下了斜垂下來的柳枝，羅止行笑著聽她胡言，卻也並不反駁。

把裡面的見聞都亂編了一通，陸蓁藜一轉頭就看到了他含笑的側臉，明知道是瞎話，他卻還聽得很高興。

「不是說那座神像雕得很好看嗎，怎麼不繼續說了？」察覺到身旁的人突然安靜了，羅止行笑著問，不遠處已經能看得到他們的馬車了。

陸蓁藜卻突然扯開嘴角，嘻皮笑臉地答。「那也沒你好看，止行最好看了！」

心尖狠狠顫了一下，羅止行微惱地看著又一次調戲自己的人。「那寧思遠呢？」

「寧思遠呀……倒也是好看的，不然我之前也不會那麼喜歡他。」搖頭晃腦，陸蒺藜說完後故意停了許久，直到他的不滿越來越明顯，才大笑著開口。「不過還是沒你好看，我最喜歡你了！」

她總是這樣，這些撩動人心的話說得比誰都順口，也不知都和哪些人說過。望著那張得意的笑臉，羅止行突然有種彆扭的不爽，一把拉住陸蒺藜，他快步走到前面一棵大樹的後面。

須臾之後再出來時，陸蒺藜臉紅得和剛煮熟的螃蟹宛如一家人，一直低垂著頭看著腳尖，扭捏地不再開口說話，活像個被欺負了的小媳婦。羅止行倒是也有些羞澀，只是隱約又讓人覺得眼角的笑意是爽快的。

「小姐他們是怎麼了？」遠遠跟著那二人，青荇只能看到他們去了趟樹的後面，再出來就成了這個樣子。

長均本就耳力好，一路也是忍不了陸蒺藜的咋呼，如今被青荇問起，便照著自己的猜想隨口回答。「定是你家小姐太吵，國公把她打了一頓。」不過說起來，剛才除了喘息聲，似乎也沒有斥責打罵聲響起啊，那國公是幹了什麼？

青荇哪知是他亂說的，當下就急了，連忙快步跑到陸蒺藜身邊，正好也到了馬車邊，一邊扶著她上馬車，一邊死盯著羅止行。

「方才，是在下唐突了。」等陸蒺藜剛上去坐好，羅止行就在外面含笑說道，頓時鬧得她臉色更紅。

哪有這樣的人，親都親了，還要專門道個歉！

像是猜到了她的羞惱，羅止行笑得更是得意，落在青荇眼裡就是更加的不懷好意。終於看到了如同母雞護仔地盯著他的青荇，羅止行衝她微微點頭，回了自己的馬車。

這才放下心來，青荇立馬爬進馬車，緊張地看著陸蒺藜的臉。「小姐妳沒事吧，這嘴怎麼有些腫呀，他是不是真的打妳了?!」

「青荇！」連羞帶惱地喊她一句，陸蒺藜摸出一塊帕子蓋住了自己的臉。絲綢柔軟的觸感，冰涼涼地落在唇上，不似方才的感覺。

輕柔、溫暖，又有些呼吸紊亂的急促，攪開了一池春水。

「爺，您都已經笑一路了。」坐在羅止行的對面，馬車上的長均望著他，撇著嘴揉自己胳膊上的雞皮疙瘩。

手指點在自己唇邊，羅止行低頭莞爾，卻也到底收斂了一些。「怎麼，我現在高興一下都不行？」

「哪是您高興不行啊，就是您這高興的樣子，活像是偷了雞的狐狸。」由著嘴嘟囔，長均就像是忘記了自己昨天被罰的慘狀。

眼睛瞇了瞇，羅止行好不容易才忍住自己嘴邊的話，今日心情好，且容他一回。渾然不知自己逃過一劫的長均，卻是猶覺不夠，摸著下巴。「對了爺，您剛才是怎麼讓那陸姑娘不再吵的呀，屬下好像也沒有聽見您斥責什麼。」

「……你耳力挺好的是吧？」笑得一臉高深莫測，羅止行格外溫和地開口問。

「是啊，您又不是不知道，屬下隔著好遠都能聽到人說話呢！」

笑咪咪的點頭，羅止行毫不猶豫地掀開車簾。「出去。」

「是。」下意識地聽從他的命令，長均飛身穩當地落在地上，才覺得不對勁。

「爺，您讓我出來是要屬下辦什麼事情嗎？」

聲音從馬車裡傳出來，沒有羅止行的笑容蠱惑，長均才後知後覺地聽出些許咬牙切齒的意味。「本國公就是覺得你這麼厲害，應該自己跑步跟著，還有，往後我和陸姑娘單獨在一起的時候，你給我離遠些！」

再從馬車上下來的時候，陸蓁藜的面色終於恢復如常，只是看著羅止行的時候還有些躲閃。轉頭看一眼自家的大門，陸蒺藜笑道：「好啦，已經到我家門口了，你可以放心回去啦！」

「我有什麼好不放心的？」心虛地移開視線，羅止行摸摸自己的耳垂。

兩手一攤，陸蒺藜先讓青荇帶著府中的侍衛們回去。「放心，我不會去找使團的麻煩，他們不是今日離京嗎？」

斂眉一笑，羅止行伸手幫她擋太陽。「我沒有擔心妳會去找麻煩，都說了，是想妳才來的。」

不行，臉又燒了起來，陸蒺藜捂住自己的臉頰，聲音悶悶的。「你以前，多正經的人啊。」

「哪有陸姑娘這般的道理，妳把我變成這個樣子，如今又嫌棄起在下啦？」羅止行眨兩下眼睛，簡直是無辜至極。

捂著臉的手成了捂鼻子，陸蒺藜頭一次對自己的輕浮行為認真唾棄起來。

拿下她的手，羅止行不再逗她，神色認真道：「這幾日事情來得突然，可我想，我總該鄭重地跟妳說一聲。陸蒺藜，我喜歡妳，許是一見鍾情吧，打從妳掛念我的恐懼、為我擋鳥開始，我心裡就有了妳的身影，我希望能和妳一起度過接下來的日子。」

本來以為他們的感情只會是彼此心照不宣的默契，陸蓁藜從來沒有想過他會直接宣之於口，怔怔地望著他。陸蓁藜也不再耍寶，面容嚴肅起來。

「我昨日說要賠妳一個婚約，如今我便問一句，妳可願意和我在一起？」說到最後，羅止行嗓子乾澀、呼吸緊繃，眼睛緊盯著她的表情變化。

陸蓁藜霎時被這句問話堵住了。她人生的變化未定，若仍如前世一般早早就死了呢？想到此，她回話便趨保留。「我們在一起……可能變數很大。」

羅止行卻只當她是顧慮別的事，堅定地搖搖頭。「我都會處理好的，沒有什麼能阻攔我們的感情，除非妳不願意。」

「我當然是願意的……」急急開口，陸蓁藜卻難以接續說出後面的話。她怕他們的婚約最後還是一場空，她壓根兒來不及嫁給誰，就奔赴了那早死的命運。

有她這句話就夠了，心中的大石頭落下，羅止行看不清她眼底的複雜情緒，思量片刻，只當她是在擔憂她爹，語氣更加輕柔。「妳放心，我今日只是確認妳我心意罷了，我們的婚事不急。等陸將軍回來，等一切問題都解決，到時我一定給妳一個盛大的婚禮。」

可是等邊境戰事結束、所有麻煩事都解決，也就是她該命喪黃泉的時候了，一切就看她是否能成功扭轉命運了。如果可以選擇，她真的很想嫁他，平安康健地嫁給他……

陸蒺藜心懷隱憂，一顆心彷彿被拉扯成兩半，一半跟著羅止行暢想未來，甜得膩人；另一半泡在苦水中，連吐出來的氣都是泛著酸的。

「怎麼還是這樣癡呆的表情，我莫不是嚇到妳了？」知曉她和旁的扭捏女子不一樣，他才這樣直白的，可她怎麼這副傻愣樣？

嚥下苦澀，陸蒺藜甜甜笑開。「沒事，我只是想現在就嫁給你。」

「又胡說八道了。」放下心來，羅止行心思一動，上前半步輕擁著她，拍拍她的後背。「放心，一切都會好起來的。」

不敢貪心，羅止行抱了一會兒就想退開，卻發現陸蒺藜揪著他的衣服，不肯退出他的懷抱。

在他看不見的角度，陸蒺藜放任自己苦澀的笑，貪婪地呼吸著羅止行身上的味道，好一會兒她才慢吞吞放開。「我已經開始想你了。」

心又在瞬間軟了下來，羅止行摸摸她的臉頰，低聲應道：「嗯，我明日再來看妳。」

「行啦，你快回去吧。」誇張的吐舌頭扮鬼臉，陸蒺藜逗他笑了，才目送著他離開，恰好一片烏雲移了過來，遮住天邊的太陽，陰沈沈地壓在人心頭。

心情愉悅地乘著馬車回去的羅止行沒有想到，第二日他壓根兒見不到陸蒺藜。

「妳說什麼，蒺藜她病了？」剛進陸府還沒走幾步，羅止行就被青荇攔住了腳步。面容同樣是有些焦急，青荇解釋。「昨晚下了一場雨，小姐許是受了寒，身子不適，加上這幾日到底憂思太多，整個人一下子就病倒了，早上連床都下不來呢。」

「那妳還攔我做甚？我去看看！」登時著急了，羅止行試圖繞開青荇。

「國公留步！」慌忙張開手攔住他，青荇面露難色。「小姐猜到您會來，早先就吩咐說不讓您進去，怕過了病氣給您，而且她現在還在昏睡著，您去看也沒用。」

這是哪兒的話，自己怎會怕被她染了病？羅止行緊皺眉頭，一言不發地看著青荇的表情，只是青荇也是一臉真誠，瞧不出任何問題。

半晌之後，終究是羅止行洩了氣。「她當真不願我去看她？」

「小姐現在一身病氣，許是不想讓病容被國公看到，才會這麼交代我的，國公還是過幾日再來吧。」青荇低著頭回道。

往外走了幾步，羅止行又停下腳步。「不行，我不放心，等回去後，我會派府中的郎中過來看看，既是病了，還是要好好治的。妳也要小心照看著，有事隨時來國公府找我。」

「是，恭送荊國公。」恭恭敬敬地拜別他，等到人影都看不見了，青荇才長吁一口氣，提著裙子快步回到了陸蒺藜的院子。

「小姐，我回來了。」

一推開門，房裡的陸蒺藜雖說是一臉病容，卻也沒有像青荇說的那樣臥床不起，反倒是撐著身子坐在桌邊，手中拿著一枝筆，不知在寫些什麼。

見到她闖了進來，陸蒺藜的胳膊順勢蓋住紙，語氣虛弱地問：「他回去了？」

「嗯，可嚇死我了，國公的眼睛一看過來，奴婢就覺得自己說謊被發現了。」青荇吐吐舌頭，來到陸蒺藜面前。「只是小姐，妳為何今日要對國公大人避而不見啊，莫不是他昨日打了妳，妳還氣著？」

頓時臉上有些紅，只是本就發燒的人，一時也看不出臉色變化，陸蒺藜無奈地瞪著青荇。「都與妳說過了，他沒有打我，誰敢打妳家小姐啊？」

「喔。」狐疑地應下，青荇歪著腦袋。「那妳還不見他？」

視線回到自己胳膊下的紙上，上頭寫的是一串人名。陸蒺藜雙眼放空，語氣裡揉進了些許落寞。「我今日就是想一個人待著，理一理思緒。」

「理思緒？什麼思緒啊，青荇幫小姐！」只當是些玩樂的念頭，青荇來了興趣，越發靠近她。

瞬間回神，陸蒺藜咳嗽幾聲，趕她走遠點。「都說了我想一個人待著，妳去幫我煮藥好了。」

陸蒺藜方才的幾下咳嗽，嚇得青荇立馬收斂了玩鬧的興趣。「好好，奴婢這就去，小姐也回床上歇著吧！」

這丫頭倒是一如既往的好騙。陸蒺藜搖頭，重新看著紙上的名單，細細審視著每一個人名。這些都是寧思遠暗中所拉攏的勢力，後來幫助他謀權篡位的好手。

冷笑兩聲，陸蒺藜閉眼思量片刻，將名單先小心地收起來鎖好。到底是病得也不輕，不過是這樣的動作，就累得她頭昏腦脹，跌坐在地上。

並不急著起來，陸蒺藜靠著桌子痛苦地皺著眉，坐了一會兒，悄聲地鼓勵自己。「既答應了人家，就得爭取努力活著，總不好讓人家成了鰥夫嘛。」

突然想到了羅止行一身素衣為自己守靈的樣子，她竟還沒心沒肺地撐著身子笑了片刻，許久後終於起身，陸蒺藜面龐漲紅成一片，可是那眼神卻更加明亮堅定。

「長均，事情不對。」回府遣走了郎中，羅止行負手站在書房中，皺著眉看著自己的白玉雲紋珮。

雖然沒覺得哪裡出問題，但長均相信主子的判斷，立馬抱拳回道：「主子可是指陸姑娘的病情？需要屬下去查查嗎？」

病情怎麼樣，郎中自然會搞清楚，可真正讓羅止行擔心的是，他自己都不知道哪裡有問題，但就是平白不安。如今唯一能查的一個方向，就是昨天蒺藜去的那寧清觀，是不是在那裡發生了什麼事？越發蹙緊了眉頭，羅止行有些猶豫。

「爺？」得不到回應，長均輕聲追問。

眉頭一鬆，羅止行將玉珮重新掛在腰間，突然坐下練起了字，神情也平和許多。「還是不了，她像是隱瞞了我什麼，既然現在不想讓我知道，那還是不查了，你下去吧。」

頓了頓，長均也不多言，退出了書房，打算去練一會兒功夫，一抬頭，卻發現今日天氣陰沈得厲害，怕是又要下雨了……

接連幾天的陰雨天氣，寫著前線敗仗的信件一封封飛入長安城，陸蒺藜的病也算是纏綿良久。

在她的推搪阻擋之下，羅止行竟也是快一個月才好不容易見到她一、兩回，還沒說幾句話就又分開了，此時站在長亭下，看著不斷落下的細雨，他心中頗有些悒鬱。

「爺，李公公回宮了。」穿過雨簾，長均匆匆站在他身後，知曉他心情不好，倒也難得添了幾分小心。

果然，長均的話音剛一落下，羅止行心中便又添進些許煩躁。李公公回來，那軍防圖自然也是順利送到金國了，也肯定是談妥了一些條件，現在就等前線再撐幾天，程定就會想辦法推進和談事宜。

「前線的消息依舊每天送往將軍府嗎？」許久之後，羅止行才緩緩開口，聲音隔著雨水傳來。

說到這裡，長均就更不解了。「是。可是爺，陸姑娘病了這麼些天，還不願意見您，到底為何堅持每天送前線消息給她？且不說別的，萬一更加重她的病情呢？」

「她的心性沒有那般脆弱，況且這些消息也一定是她想知道的。」目光移到了另一處的小水坑中，落下的雨滴不斷地打亂它的平靜，羅止行揮揮手，像是要擺去心底的煩躁。「她的病情如何了？」

「咱們府上的郎中昨日剛回來，說是好得差不多了，屬下昨日去送消息的時候，青荇也說是有好轉。」

這消息總算讓他鬆了一口氣。羅止行遠遠看見羅叔撐傘要出去，他突然心思一動，轉頭看著長均。「今日的軍情還沒有送去？」

長均點頭。

沈吟片刻，羅止行淡淡笑開。「我同你一起去吧，你將府中新買的蜜餞也一併帶上，去備馬車吧。」

「是。」應下就準備去忙，長均轉身卻是一臉苦。都吃過幾次閉門羹了，也就是主子脾氣好才不會生陸姑娘的氣。

與此同時，在自家府中的陸蒺藜不知道國公府那邊的動靜，她正忙著呢。這幾日對羅止行的避而不見也不是故意的，她一直在想辦法續命來著，今日終於有了一些苗頭。

「妳真的在金風樓那邊得到汪爍的消息了？」

「是有一個姊姊這麼說的，昨日有個恩客就叫汪爍。小姐，妳這幾日總是讓奴婢找一些不認識的人做甚？」青荇點點頭，憋了好幾日的問題再也忍不住問出口。

這些都是後來對寧思遠大有幫助的人，可是現在還是地位低微的存在。陸蒺藜立馬找來披風想出門，這一個月來她找到的人不少，可永遠比寧思遠落後一步，今日這個可不能讓了。

見小姐還是不回答她，青荇撇撇嘴，只好乖巧地把面紗拿過來。「那若是國公府的人再來，奴婢也還是照舊那樣說？」

動作一滯，她也很久沒有見過羅止行了，糾結地看著青荇手中的面紗，陸蒺藜一時有些猶豫。

「小姐，國公府的人來了！」

就在她猶豫之間，一個小廝快步進來通傳，倒是先把陸蒺藜給嚇了一跳，立馬拿過青荇手中的面紗。「我從後門溜，妳去攔他們。」

青荇只好點點頭，回身正要走出房間，抬頭一看，卻僵住了。「小姐……國公到了。」

戴面紗的手一頓，陸蒺藜一轉身也對上了門口那雙眼睛，依舊是溫和的，只是略微蹙著的眉，昭示了主人的壞心情。

隨手把面紗丟到身後，陸蒺藜笑得尷尬。「止、止行你來了啊，怎麼走這麼快呢？」

「不走快些，都不知道陸姑娘在病中還是這麼的……有活力啊。」舔著牙尖斟酌措辭，羅止行斜眼睨著她。

「我……我……」事情來得突然，陸蒺藜乾笑著面對這尷尬的局面，顯得不如該如何交代過去。

就算親爹駕到她都沒這麼緊張過，只能說今日真是出師不利，遇上剋星了啊……

——未完，待續，請看文創風1033《月老套路深》下

愛情的最佳風味，便是那一股傻氣／秋水痕

2022年1月出版

綿裡繡花針

這世道總把女子當作附庸，有點權位就以為能為所欲為，
縣老爺兩張嘴皮子一碰，便要讓她感恩戴德去當小妾？
還真以為她名字叫綿綿，就是個軟綿綿受人欺的主呀？
哼！這種色老頭就算想認她當娘，她都不稀罕！

文創風 1028 1

顧綿綿當「裁縫」，手裡的繡花針不是扎在布料上，而是穿梭於死人皮肉間，
幫忙往生者齊齊整整的上路，她絲毫不懼，反倒覺得行善積德，與有榮焉。
她害怕的是，那些光看臉、聽信什麼命貴謠言的人，總想要讓她做妾。
本來那些膽小的都被她的行當嚇走了，卻橫空殺出一個老縣令來，
她爹身為衙役班頭，既不好得罪，又不願答應，她只能裝病拖著。
孰料，縣令竟突然塞了個新衙役——衛景明，交代爹好好照看，
這人也真是奇怪，分明是來投奔縣令的，卻一來就和她家十分親近，
還自告奮勇說會替她解決這縣令想強娶一事，這個人，真的能相信嗎？

文創風 1029 2

顧綿綿的「裁縫」手藝，每個月多少都能替自己掙些許銀兩，是件好事，
不過在世俗眼中，卻比不了大門不出、二門不邁，只待在家中的嬌小姐。
對此她並不在乎，她不願因為婚姻放棄自立的行當，事事都依靠他人。
畢竟，能獨力賺錢養活自己，她又何須一定要嫁個男人來管束自己呢？
不過衛景明似乎不同，他即使看見她在屍體上穿針引線，也毫無嫌棄之色，
甚至還撒嬌說他賺的銀兩少，要依靠她養，全然沒有普通男人愛面子的臭毛病。
他們順其自然地訂親，卻受到自稱是她生母娘家人的阻撓，並說她生母還活著？
多方刺激下，她莫名暈了過去，從惡夢中看見了她與他的慘澹未來……

文創風 1030 3

來到京城，顧綿綿與衛景明的日子還算順遂，
他走馬上任後，很快與她被迫拋家棄子的生母搭上線，
她明白了親娘被舅舅一家逼迫的難處，母女聯手將隱患去除。
自此，他的仕途平步青雲、節節高升，卻也因任務繁重而日益忙碌，
直到她有孕，他才找到理由告假回家多陪她，找回兩口子的溫馨時光。
只是好日子不長，懷滿三個月後她渾身出問題，整個人消瘦虛弱，
這病情詭譎，遍尋不著原因，直到師父戳破兩人逆天而來才知曉因果，
重生一世並非上天掉的餡餅，他們得背起責任，使天下大勢回歸正軌……

文創風 1031 4 完

日子過得開心，即便旁人再怎麼酸言酸語，也不影響顧綿綿的好心情。
何況她身上可是有功夫的人呢！才不會想跟這些普通人一番計較。
平日在家帶孩子、鍛鍊，然後等著衛景明散職後的溫情時間，
聽他抱怨那些文官又怎樣散布錦衣衛的壞名聲時，她不禁笑了，
他們果然是夫妻，都惹人討厭，不過那又怎麼樣？他們多開心呀！
只是快樂的時光不長，他隸屬天子手下，皇帝想做點什麼，就得身先士卒。
皇上北上御駕親征，卻失利遭俘，他身為親信自然責無旁貸。
夫妻兩人被迫分離，各自努力，他們都希望這次事了，能不再分開……

為流浪貓狗加油 和貓寶貝 狗寶貝

廝守終生(一定要終生喔！)的幸福機會

對人來說，貓寶貝狗寶貝只是生活的一部分，但妳（你）對牠們來說，卻是生活的全部，領養前請一定要考慮清楚——

▲ 討摸成癮的 檸檬

性　　別：女生
品　　種：米克斯
年　　紀：約1～2歲左右
個　　性：膽小親人、脾氣超好
健康狀況：已結紮，已注射五合一第一劑和狂犬疫苗
目前住所：苗栗市（國立聯合大學動保社辦）

本期資料來源：國立聯合大學動物保護社

『檸檬』的故事：

去年寒假，聯大新來了疑似同胎的四隻成貓，貓咪們彼此關係超級好，經常會互相舔毛、互撞額頭，親暱地靠在彼此身上。當時因為其中一隻捲尾巴的比較親人，得以先抓去結紮。沒想到之後因為疫情，改為遠距教學課程，我們無法再抓貓咪去結紮，於是暑假時便收穫了這群貓咪贈送的大禮包——某隻三花貓生下了四隻小貓。

基於優先結紮母貓的原則，幹部某日發現貓咪們的蹤跡後，當即回社辦拿誘捕籠跟肉泥，順利誘捕到貓咪，並依照眼睛的顏色，為一隻綠眼的三花貓取名為檸檬。

在相處的這段時間，我們發現檸檬個性雖然有些膽小，卻有淡定的一面，會默默觀察周遭，很親人也好接近，愛貓人只需要具備　貓的好技術即可，因為檸檬最喜歡被摸摸，不管是頭、下巴、屁屁都是牠的心頭好。

檸檬脾氣很好，在結紮手術後的照護期間，從來沒有出爪、咬人過，都是認命地被我們抱起來搽藥，完事後還會趴在我們腳邊享受專屬的摸摸服務。不只看醫生表現好，除了貓咪們都會有的喵喵叫反應外，牠的穩定是我們照護過最乖的流浪貓。有沒有人願意收編這麼優質又美麗的貓咪呀～～有意領養者請私訊聯合大學動物保護社FB或是IG，萌貓檸檬等您來愛撫。

認養資格：

1. 須填寫認養評估單（私訊後會傳送檔案），第一次先來確認貓是不是自己喜歡的，如果確定要領養，會要求做好家中防逃措施等等，第二次才能帶貓回家。
2. 須同意簽認養寵物切結書和監護人同意書（未滿20歲者）。
3. 請領養人提供身分證影本（姓名、生日、照片、住址，其他自行遮擋）、健檢單、貓咪健康護照（打疫苗時會給）等證明。
4. 晶片注射請回傳資訊（飼主須登記晶片https://www.pet.gov.tw/web/o201.aspx）。
5. 須配合送養人日後之線上回訪（傳照片或影片），對待檸檬不離不棄。

來信請說明：

a. 個人基本資料：姓名、性別、年齡、家庭狀況、職業與經濟來源等。
b. 想認養檸檬的理由。
c. 過去養寵物的經驗，及簡介一下您的飼養環境。
d. 若未來有結婚、懷孕、出國或搬家等計劃，將如何安置檸檬？

過 年 2022 狗屋 書 展

富貴虎妻揚福威

旺夫納寶我最行

1/17 (8:30)~ **2/7** (23:59)

新書春到價 75 折

文創風 1028-1031 秋水痕《綿裡繡花針》全四冊

文創風 1032-1033 春遲《月老套路深》全二冊

文創風 1034 莫顏《將軍求娶》【洞房不寧之三】全一冊

部部精采，不容錯過

【7折】 文創風977～1027

【66折】 文創風870～976

此區加蓋 ㊣

【5折】 文創風657～869

【70元】 文創風001～656

【50元】 花蝶/采花/橘子說全系列（典心、樓雨晴除外）

【15元】 Puppy435～546

【每本10元，買1送1】 小情書全系列、Puppy001～434

新年限定，僅此一檔！

莫顏

【洞房不寧系列】

文創風899《莽夫求歡》

文創風985《劍邪求愛》

文創風1034《將軍求娶》

完結價 566元

（單冊定價270元）

2022
過年書展
狗屋

1/18、25出版 愛情悄悄縫紉中，針針藏情……

秋水痕

愛情的最佳風味，
便是那一股傻氣

他查案居然還要到墳頭看屍體？
她可太好奇了，這死了許久的人，
跟剛死不久的人，到底有何差別？

文創風 1028-1031

《綿裡繡花針》全四冊

青城縣顧班頭的女兒顧綿綿，自生下來就是個美人，
無奈這等美貌為她帶來的不是運氣，而是災禍。
她又生來膽大心細，一手針線活更是出名，
有顏、有才，自然引得一群富人家的浮浪子弟心癢。
為了護她，她爹一不做二不休，讓她拜師學習「裁縫」手藝，
那靈巧的針線自此不在布疋上穿梭，而是遊走於亡者的軀體上。
這事雖是行善積德的活兒，卻受人畏懼，狂蜂浪蝶自然遠去。
可流言又傳她有一品誥命的命，竟讓老縣令異想天開想納她為妾？!
這下子做裁縫的招數不靈通了，她爹又無法得罪縣老爺，
全家面對這絕路只能拖著，皆是成日愁雲慘霧，苦惱萬分，
這烏雲未散，縣太爺還不要臉地給他們家添麻煩，
塞了個不知哪來的遠房親戚——衛景明，要她爹照看。
本以為這漂亮少年就是個臥底，是特地來抓她家小辮子的，
可他卻再三保證會幫忙解決這災厄，這人……真的能相信嗎？

2022
過年書展
狗屋

2/1出版　一場亂局，成就好姻緣？

春遲

將門逆女，實力撩夫

所嫁非人禍及全家，她最終只能親手了結性命以贖罪，
如有來世，只願能忘卻前塵重新開始……
豈料她連黃泉路都走得不順遂，被孟婆一出手就送回大婚當日！
她投胎不成，還得重新面對這棘手的一局，這盤棋該如何下？

文創風 1032-1033

《月老套路深》 全二冊

大將軍之女陸蒺藜是京城的話題人物，容貌絕色卻古靈精怪、時有驚人之舉，
繼看上新科狀元展開窮追不捨的求親後，大婚之日姑娘她又「發作」了——
「退婚！我要退婚！」
身著嫁衣的陸蒺藜嚷嚷著要退婚，任將軍老爹氣得跳腳也動搖不了她的決心，
只因重生歸來，她心裡有數，這男人嫁不得！
他的人模人樣只是表面功夫，實則腹黑心機別有所圖，終將害得她家破人亡……
這一回她不再傻傻被套路，順手拉了個喝喜酒的路人充當新歡，誓要退婚成功，
誰知她想得太天真，逆天改命可不簡單，
婚事沒退成，抗旨拒婚就先觸怒龍顏，惹來殺身之禍，
還得仰賴隨手拉來演出的「路人」出手相救、從中化解！
原來人家身分不一般，年紀輕輕後臺比她還猛，竟是地位尊貴的國公爺?!
據聞羅止行出自天家行事低調，向來不涉及政事，全然是個富貴閒人；
可不知為何被扯進混亂中，形成和狀元郎針鋒相對的局面，他似乎開心樂意得很？
這棋局深得她看不懂，以為如願退了婚一切便在掌控中，不料事情變得更複雜，
無緣渣夫不放手，國公爺這尊大佛也請不走，這場面她實在始料未及啊……

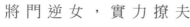

動動手，虎福氣來

活動1 +狗屋2022年過年書展問卷調查活動+

抽獎辦法 活動期間內，請至 狗屋天地 或是掃描下方QR Code，皆可參加問卷活動。

得獎公佈 3/2(三)於 狗屋天地 公佈得獎名單

我是QR Code

獎項

3名《月老套路深》全二冊

3名《將軍求娶》全一冊

活動2 + + + + + + 購書福運多 + + + + + +

抽獎辦法 活動期間內，只要在官網購書並成功付款，系統會發e-mail給您，並附上抽獎專用之流水編號，買一本就送一組，買十本就能抽十次，不須拆單，買越多中獎機率越大。

得獎公佈 3/2(三)於狗屋官網公佈得獎名單

獎項

3名 紅利金 600元

3名 紅利金 300元

4名 文創風 1039-1040《大器婉成》全二冊

過年書展 購書注意事項：

(1)請於訂購後三日內完成付款，最後訂購於2022/2/9前完成付款才算有效訂單喔！

(2)寄送時間：若欲在過年前收到書，請於1/25前下訂並完成付款。
1/26後的訂單將會在2/7上班日依序寄出。

(3)購書滿千元(含)以上免郵資。未滿千元部分：
郵資65元(2本以下郵資50元)／超商取貨70元(限7本以內)／宅配100元。

(4)特賣書籍因出書時間較久，雖經擦拭、整理，仍有褪色或整飾痕跡，故難免不如新書亮麗。
除缺頁、倒裝外無法換書，因實在無書可換，但一定會優先提供書況較良好的書給大家。
若有個人原因需要換書，需自付來回郵資。

(5)各書籍庫存不一，若遇缺書情形可選擇換書或退款。

(6)歡迎海外讀者參與(郵資另計)，請上網訂購或是mail至love小姐信箱
(love@doghouse.com.tw)詢問相關訊息。

狗屋有權修改優惠活動的實施權益及辦法。

文創風 1032

月老套路深 上

國家圖書館出版品預行編目資料

月老套路深 / 春遲著. --
初版. -- 臺北市 : 狗屋出版社有限公司, 2022.02
冊 ; 公分. --（文創風 ; 1032-1033）
ISBN 978-986-509-290-0（上冊 : 平裝）. --

857.7　　110022671

著作者　春遲
編輯　李佩倫
校對　黃薇霓
發行所　狗屋出版社有限公司
地址　台北市104中山區龍江路71巷15號1樓
電話　02-2776-5889～0
發行字號　局版台業字845號
法律顧問　蕭雄淋律師
總經銷　知遠文化事業有限公司
電話　02-2664-8800
初版　2022年2月
國際書碼　ISBN-13　978-986-509-290-0

本著作物由北京晉江原創網絡科技有限公司授權出版

定價260元
狗屋劃撥帳號：19001626
網址：love.doghouse.com.tw　E-mail：love@doghouse.com.tw